JN061437

元構造解析研究者の異世界冒険譚 6

ADVENTURES OF A FORMER STRUCTURAL ANALYST

犬社護

INUYA MAMORU

リリヤ
アッシュの奴隷と
なった少女。
『鬼神変化』によって、
白狐童子に変わる。
アッシュ
シャーロットの旅に
同行する冒険者の少年。
突っ込み属性の
持ち主。
シャーロット
本編の主人公。家族だけでなく、
精霊からも愛されている少女。
前世では構造解析研究者
「持水薫（もちみずかおる）」だった。
転移魔法を探して
旅をしている。
CHARACTER

ゴーレム
アルカトナ遺跡の
ダンジョンにいる魔物。
階層によって
持っている属性が
違う。
ゼガルディー
カッシーナに住む
領主の息子。
傲慢で自分勝手な性格。

1話　古代遺跡ナルカトナへ向けて再出発です

私たち――シャーロット、アッシュ、リリヤの三人は、五歳の女の子『ククミカ』とともに、商人ウルラマさんたちを護衛しながら、次の目的地であるカッシーナへ向かう。ククミカは途中にある彼女の故郷――隠れ里『ヒダタカ』に送り届ける予定だった。その道中、ロッキード山にて魔物ドール族に急襲され、ウルラマさんたちと分断される事態に陥ってしまうが、なんとかヒダタカに到着する。そこで知り合ったカゲロウさんやナリトアさんといった里の人たち、それに冒険者『ユアラ』と『ドレイク』とも協力しながら、ドール族急襲の原因ともいえる『魔物大発生』に立ち向かったのだけど……ここで想定外の出来事が起こった。

それは、ユアラとドレイクの裏切りである。

特に、ユアラ!!

あいつこそが魔物大発生を起こした張本人、理由も『シャーロットや里の人たち』と遊びたいという単純なもの。しかも、彼女はエルギス様に『洗脳』スキルを与え、ジストニス王国を大混乱に陥れた『スキル販売者』でもある。

私はユアラを捕縛しようと試みたものの、彼女の方が上手で、結局転移魔法で逃げられてしまった。また、二人の裏切りで里も大混乱となり、特にナリトアさんをリーダーとする班では、罠である『ミスリル大型茶碗』を敵に落とすタイミングを誤ってしまい、周辺で大きな被害が発生してしまう。一応、落とす役割を担っていたリリヤさんの責任となるのかもしれないが、ユアラたちが自分の目の前で裏切ったのだ。動揺しても、仕方がないと思う。

ユアラとドレイクには逃げられたものの、里への被害を最小限に抑えることに成功したので、私たちの大勝利と言える。事件終息後、霊樹様をなんとか復活させたのはいいのだけど、木精霊から『このまま旅を続けると転移魔法を習得する前に死ぬ』と断言されてしまった。だから、私たちは霊樹様が完全復活するまでの間、自分たちの力を向上させるべく、訓練を積むことに専念する。

訓練期間が十日と短いこともあり、私たちはカゲロウさんを師匠と仰ぎ、足腰を重点的に鍛えていった。それと同時に、私がみんなに新スキル『タップダンス』を教えていく。私たちと里の人たちにとってWIN－WINとも言える関係が続き、辛くもあり楽しい十日間はあっという間に経過し、ついに別れの時が訪れた。

○○○

現在の時刻は朝八時、気温は十三度と肌寒い。

私、アッシュさん、リリヤさんは里の入口にいる。周囲には、里長のテッカマルさん、カゲロウさん、ナリトアさん、ククミカといった里の人たち全員や、私の新たな従魔『ドール軍団』が集まっていた。みんなが防寒着を着込み、私たちの出立を見送ろうとしてくれている。

私とアッシュさんの防具は王都を出発したときと同じだけど、リリヤさんだけはクロイス女王から貰った新たな冒険服に着替えていた。防御力自体は簡易着物の方が圧倒的に上だ。でも、あの服装だと街の中で目立ってしまう。旅を続けていく上で、今の冒険服の方が、私たちの服とも合っていて目立たない。それに、アッシュさんに褒められたこともあって、彼女自身も気に入っている。その服を着たまま訓練を実施したことで、既に着慣れているようだ。

ここで過ごした期間、私たちにとって辛いこともあったけど、また一歩強くなることができた。

私の場合——スキル『手加減』が6、足技基本スキル『足捌き』『俊足』『縮地』『韋駄天』が10、足技応用スキル『空歩』が5、『空走』が2となり、足腰が大幅に強化され、『タップダンス』もレベルが8に上がった。足技のスキルレベルがカゲロウさんよりも上がってしまったことで、指導してくれた男性陣が、陰でガックリと項垂れていたのが記憶に新しい。タップダンスをみんなに教えまくったこと、私の身体が『環境適応』スキルにより大幅強化されていることが功を奏したのだろう。

アッシュさんの場合——足技基本スキル『足捌き』がレベル8、『俊足』がレベル5、『縮地』がレベル2となり、かなり足腰が強化されたといってもいい。やはり、『タップダンス』の練習を毎日こなし、レベルが3に上がったことが、これだけの強化に繋がったのだろう。

リリヤさんの場合――足技基本スキル『足捌き』がレベル7、『俊足』がレベル4と、アッシュさんには劣るものの、元のレベルから考えると飛躍的な進歩と言えるだろう。彼女自身が誰よりも練習を重ねていたこと、そして誰よりもリズム感がいいこともあって、『タップダンス』の上達速度が驚異的で、レベルも一気に5と跳ね上がったことが、大きく進歩した要因にちがいない。

初めは里の人たちも『タップダンス』には苦労していたが、コツを掴み出してからの上達速度は速く、ほとんどの人たちがレベル5以上になった。今なら、集団で披露することも可能だと思う。

今日、私たちはカッシーナに向けて出発する。ここでの訓練と、冒険者としての心得を学んだことで、強い自信を得られた。この経験を、絶対忘れてはいけない。

「シャーロット姉、アッシュ兄、リリヤ姉、やっぱり……行っちゃうの？」

ククミカが大粒の涙を流しながら、『行かないで』と訴えているけど、こればかりは聞けない。

「ククミカ、シャーロットには大切な目標がある。それは、アストレカ大陸に帰り、両親と再会すること。君も、お母さんに会えない辛さをわかっているよね？」

アッシュさんは孤児院の子供の面倒を見ているから、ククミカの気持ちを誰よりも強く理解している。だから、彼女を納得させる説明も上手い。

「うん……わかってる。シャーロット姉、頑張って。でも、たまには里にも来てね！」

「うん、必ず遊びに来る。それにドール軍団がいるから、私たちがどこにいようとも、間接的にお話ができるよ」

霊樹に住む木精霊様からもお許しをいただいているから、雛(ひな)人形でもあるドール軍団は村の守護者として、正式に暮らせる。周辺で何か起きたとしても、彼らが対処し、またそのことを私に教えてくれる手筈(てはず)になっているので、安心して旅立てる。

「あ、そっか」

やっと笑顔を見せてくれたね。

カゲロウさんがククミカの頭を優しく撫(な)でた後、真剣な顔つきとなって私たちを見る。

「シャーロット、アッシュ、リリヤ、ハーモニック大陸に存在するダンジョンの中でも、ナルカトナ遺跡は最高の難易度を誇る。遺跡へ行く前に、必ず冒険者ギルドで説明を聞いておくんだ。そして、たとえ行ったとしても、絶対に入るな。ここでの訓練で強くなったとはいえ、あの場所は特殊すぎる。雰囲気(ふんいき)だけを見ておくんだ。いいね？」

カゲロウさんも、トキワさんと同じことを言っている。経験豊富なこの人たちでさえ、ナルカトナ遺跡を恐れているんだ。一体、どんなダンジョンなのだろう？

「「「はい」」」

私たちが返事をすると、長(おさ)のテッカマルさんが前に出てきて、一振りの刀をアッシュさんに差し出した。目立たないよう地味なデザインとなっており、薄い茶色が鞘(さや)と柄(つか)の部分に塗られている。

「アッシュよ、これを持っていけ」

「え……これは、ミスリルの刀!?」

アッシュさんが刀を引き抜くと、白銀の刀身が現れる。

「今のお前さんなら、剣術と同レベルの刀術を扱える。身につけた剣技も刀で再現できるはずじゃ」

刀全体を見ていくうちに、アッシュさんの顔が明るくなっていく。

「凄い……あ……ありがとうございます！」

アッシュさんは足腰の訓練だけでなく、毎日アダマンタイト製の刀で素振りを続けていた。そちらはまだ扱いきれないけど、このミスリル製の刀なら戦闘にも使える。

「うむ、精進せい。ナリトア、三人にアレを」

長に言われて、ナリトアさんが木製の箱を持ってきた。長方形で、横幅が三十センチほどしかない。何が入っているのかな？

「三人には、この『霊樹の雫』を進呈する」

長の言葉と同時に、ナリトアさんが木箱の蓋を開ける。そこには、綺麗なデザインが施されている小瓶が三つ入っており、中身は無色透明の液体だった。

「シャーロットちゃん、アッシュ、リリヤ、これは木精霊様からの贈り物よ。霊樹様の膨大な魔力を凝縮して液体化したもの。これを飲むと、エリクサーと同じ効果を発揮するわ」

エリクサー!?　名前だけ聞いたことあるけど、今ではダンジョンでしか入手できない治療薬だよ!!　市場には出回っておらず、大抵オークションとかに出品され、必ず白金貨百枚（一千万円相当）以上はする代物だ。

「シャーロットちゃんの『構造解析』で調査すればわかることだけど、回復の原理はエリクサーとは少し違うわ。『時間の回帰』と言えばいいかしら？　ややこしくなるから、説明は省くわね。機能はそれだけじゃない。周囲に振りまけば、一定時間周辺にいる者の魔力を回復させる効果もある。どう扱うかは、あなたたち次第よ」

それって、エリクサー以上では!?

ナリトアさんが、『霊樹の雫』を私たちに一本ずつ手渡していく。

「こんな高価なものをいただいていいのですか?」

「いいんじゃ。本来であれば、木精霊様自らが出向いて手渡す予定だったのじゃが、何やら急な用事が発生したらしく、今は不在なんじゃよ。持っていきなさい」

私が質問すると、長が笑顔で答えてくれた。

「ありがとうございます。私やアッシュさん、リリヤさんが命の危機に瀕したときに使わせてもらいますね」

続いて、今度はカゲロウさんが木箱を私に差し出した。

え、まだ何か貰えるの?

「シャーロット、これはネックレス型魔導具『光芒一閃』。この魔導具に自分の行きたいところを強くイメージして少量の魔力を流し込めば、光の筋となって正しい順路をを照らしてくれる。ここと同じく、幻惑で閉ざされた場所は数多く存在する。もし、そういった土地に迷い込んだら使用しなさい」

木箱の中には、同じ型のネックレスが三つ入っており、綺麗な紋様が施されている。機能を聞いた限り、ここでしか入手できない代物だよね?

「こんな大切な魔導具を貰っていいのですか？」

「この魔導具は、霊樹様の力を利用できる我々にしか作製できない品物だ。里の大切な宝だが、シャーロットたちならば悪用しないとわかっている。持っていけ」

言葉が重い。私たちは里のみんなからかなり信用されている。

「ありがとうございます。早速、装備しますね」

私とリリヤさんはネックレスをすぐ首につけられたけど、アッシュさんはこういったものを初めて装着するのか、かなり手間取っている。それを見ていたリリヤさんが彼の背後に回り、代わりにつけてあげた。彼女は気づいていないだろうけど、アッシュさんの顔が真っ赤になっている。里の人たちはそんな微笑ましい光景を優しく見守っていた。

さて、そろそろお別れの時間かな？　あまり長居すると、ククミカがまた泣いちゃいそうだ。アッシュさんやリリヤさんも私と同じ気持ちだったのか、真剣な面持ちとなる。

「みなさん、私たちを鍛えていただき、ありがとうございました。ここで起きた出来事、絶対に忘れません。私は必ず転移魔法を習得して、アストレカ大陸に戻ってみせます！」

「みなさん、シャーロットと同じく、僕もここでの経験を胸に刻み込み、カッシーナへと向かいます」

アッシュさんにとって、カゲロウさんは師匠のような存在だ。彼の忠告を無下にすることはない。

「私も、アッシュやシャーロットと同じ気持ちです。今以上に強くなり、頼られる存在になってみせます!!」

リリヤさんはミスリル大型茶碗の落下ミスの件を、今でも少し引きずっている。だからこそ、あそこまで訓練にのめり込めたのだと思う。

「「それじゃあ、行ってきます」」

「ああ、頑張れよ！」

「シャーロットちゃん、アッシュ、リリヤ、絶対に死なないで!!」

カゲロウさんやナリトアさん、多くの人から激励の言葉を貰い、私たちは隠れ里『ヒダタカ』を離れ、カッシーナへと歩き出した。

2話　カッシーナに到着しました

隠れ里『ヒダタカ』を出発してから三日、私たちは足腰をさらに鍛えるべく、ひたすら走りまくった。道中、魔物とほとんど遭遇することなく走れたおかげで、予定よりも早くカッシーナに到着した。

「よかった。魔物大発生が終息してから十日以上も経過しているせいか、街も平穏そうだ」

アッシュさんと同意見だ。ここは街の入口だけど、警備の人たちもそこまで警戒心を抱いていない。平穏を取り戻した証拠だよね。私たちの前で冒険者数人が警備員から軽く質問されている様子を見ても、みんな笑顔だった。

「アッシュ、ここから見た限りだけど、活気もあっていい街だよね。何か、有名な特産品とかあるのかな？」

「いや、カッシーナはナルカトナ遺跡以外、これといった特色もない平凡な街と聞いているんだけど？」

入口の向こう側、ここから見える範囲だと、リリヤさんの言う通り活気のある街に見える。街並みに関しては、王都の平民エリアと似ているため、ここなら落ち着いて過ごせそうかな。前の冒険者たちが荷物検査を終え、街へ入っていく。次は、私たちの番だ。五十歳くらいの白髪交じりの男性警備員さんのもとへ歩いていくと、その人は私を見るなり、顔色を変えた。

「ぎ……銀髪……人間族で七歳くらいの女の子……まさか、アストレカ大陸から転移された聖女シャーロット……様ですか？」

あ、そうか。クーデター直後、クロイス女王は私の正体をみんなに明かしている。ロッキード山で二週間ほど過ごしている間に、私の正確な情報が王国全土に広まったんだ。

「ええと、私に聖女の称号はありませんが、シャーロットで間違いありません」

「聖女様、カッシーナを救っていただきありがとう!!」

え、いきなり両手で手を握られたんですけど!?

「あの、どういうことですか？」

予想よりも大げさなんだけど!?

「魔物大発生が終息してすぐ、多くの精霊様方が顕現され、『聖女シャーロットが魔物大発生の根源となる瘴気溜(しょうきだ)まりを浄化した』と我々に説明してくれたのです」

　そういえば事件解決後、霊樹に住む木精霊様が『カッシーナの住民たちに、こちらの状況を嘘も交えて報(しら)せた』と私に教えてくれたよね。

「カッシーナにいる冒険者が総出で魔物を駆逐(くちく)してくれたことで、街への被害はゼロ。また、大量の魔物を解体したことで、武器や防具、建築などの材料が大量に入荷し、冒険者や商人も喜んでいます」

　私が上空から見た限り、ほとんどが下位のドール族だったけど、Cランクも一部交じっていた。私たちが戦ったマテリアルドールは鉄製だった。でも、他の金属で構成されているドールもいたのかもしれない。

「あなたたちなら、検査の必要はありません。さあ、入ってください。あと、これは精霊様からの伝言です。『冒険者ギルドにいるアイリーンに詳しい話を聞きなさい』。アイリーンは受付嬢で、若いですが、ギルドマスターのサポートもしている優秀な女性ですのでご安心を」

　その言葉を聞き、私もアッシュさんもリリヤさんも少し驚く。

「ありがとうございます。早速、冒険者ギルドへ行ってみますね」

　精霊様方が、事前にここまで根回ししてくれたとは。それだけ、隠れ里『ヒダタカ』に鎮座している霊樹様は大切な存在なんだね。

　私たちは警備員さんからギルドの場所を教えてもらい、お礼を言ってから街に入る。お昼過ぎだからか、通りはかなり賑(にぎ)やかだ。露店が所々に設けられていることもあって、あちこちから美味(おい)しそうな匂いが漂ってくる。

「この匂い、『トンペイヤキ』や『ヤキタリネギリ』だよね？　アッシュ、あそこ!!　『剛屑丼』て書かれている看板もあるよ」

リリヤさんの指差す方向を見ると、そこそこ大きな看板に『剛屑丼』の文字と絵、その横には私の顔も小さく描かれている。その露店には七人ほどが並んでいる。服装から見て、冒険者や建築関係の仕事をしている人たちだろう。

「本当だ。あのメニューは開発されたばかりなのに、もう情報がここまで出回っているのか」

周囲を見渡すと、数店舗の看板に、私の顔が可愛く描かれていた。

『肖像権』というものは、この国に存在しないのだろうか？

これは……目立つ!!

「シャーロット、ここで『コロッケ』や他の料理もレシピ登録するんだよね？」

「う……そうなんですけど……騒がれますよね？」

リリヤさんに言われ、つい本音が出てしまう。私はリリヤさんと協力してコロッケを作ったとき、他の揚げ物料理のことも話している。それらをカッシーナのどこかの家で調理し、評価次第ではレシピ登録する予定だったのだけど。

「多分、騒がれるよ。特に、冒険者ギルドで調理して味の評価をお願いなんかしたら、取り合いの戦争になると思う」

「リリヤさん、そこまでいきますか!?」

「「いく!!」」

あはは、リリヤさんとアッシュさんが見事にハモりました。来て早々、騒ぎを起こしたくない。今の時点で既に、周囲から視線を感じるもの。う～ん、レシピ登録をする前に、カッシーナの人たちに受け入れられる味かを確認したいんだけどな。

さて、どうしようか？

◯◯◯

ジストニス王国において、人間や獣人族はこれまで迫害の対象とされていた。でも、人間族の私がクーデターで活躍したことで、差別意識が薄れてきている。その証拠に、私を見るみんなの目が『迫害』ではなく、『羨望（せんぼう）』の視線となっている。みんなに見られているものの、誰も声をかけてこないこともあって、私たちは十五分ほどで冒険者ギルドに到着できた。

「さて、まずはケアザさんやハルザスさんに会いたいところだね。あの二人は強いから、必ず無事にここへ到着しているはずだ」

「アッシュ、赤い髪のケアザさんと紫髪のハルザスさんなら、髪だけで目立つからすぐに見つかるわよ。中に入ろうよ!!」

リリヤさん、わかりやすい説明をありがとうございます。彼らが魔物大発生を乗り越えられたのか、私としても気になる。さあ、冒険者ギルドに入りましょう。

「「三人とも待っていたぞ!!」」

「「「え!?」」」

扉を開けた瞬間、ケアザさんとハルザスさんが堂々とした出で立ちで待ち構えているんですけど!! いきなり現れたものだから、私もアッシュさんもリリヤさんも驚きのあまり動けないよ!!

「いいな、その顔!! その驚いた顔を見たかった!! 精霊様、ありがとよ!!」

どういうこと?

「あはは、驚かしてごめんね。俺たちは木精霊様から、君たちがここへ向かっていることを事前に聞いていたんだ。それで、ケアザのやつが入口で君たちを驚かそうと言い出したんだよ」

木精霊様、私たちの世話を焼きすぎではなかろうか? いや、嬉しいんだけどね。

「あ……お二人ともご無事でなによりです。僕もリリヤもシャーロットも、山中で色々とありましたが、この通りピンピンしていますよ」

アッシュさんが先に動いてくれた。いきなり再会できたから、話がトントン拍子に進みそうだ。

「(俺とハルザスは『ヒダタカ』のことを精霊様から少し聞いているぜ) お前らも大変だったようだな。特にリリヤ、以前と雰囲気が少し違うし、強くなっているな」

ケアザさんがボソッと小声で言った言葉に驚きだよ!! 精霊様が自ら教えるということは、二人は根っからの善人で、信頼に値する人物ってことだ。でも、気になるから一応『構造解析』だ。……なるほど、私の強さ、霊樹、ユアラとドレイクの件については知らないのね。

「あ、ありがとうございます!! あっちでも、強くなるべく頑張りましたから!!」

「もちろん、アッシュとシャーロットも強くなっているよ。アッシュは、武器を剣から刀に変更したのか。うん、いいんじゃないか？　君の体捌きは、刀向きだよ」

「ハルザスさん、ありがとうございます!!」

彼らは、アッシュさんやリリヤさんの動きを観察してくれていたのか。知り合ったばかりの人たちが『強くなった』と言ってくれた方が、二人も嬉しいよね。

「あなたたち〜〜ギルド入口を塞がないでほしいわね〜〜〜営業妨害で訴えるわよ〜〜〜」

あれ？　どこからか、美しいけどドスの利いた女性の声が聞こえてきた。

3話　ナルカトナ遺跡のルール

ギルドの奥から聞こえてきた美声の持ち主がこちらへとやってくる。その正体は、金髪ロングでモデル体形の美人さんだ。芸能人のようなオーラを感じるけど、この人は何者なの？　周囲にいる男性陣だけでなく女性陣も、彼女の優雅に歩く様を見てハア〜と感嘆の息を漏らしている。

「ケアザさん、ハルザスさん、そしてシャーロットさんたちも、そこにいては他の方々の妨げとなりますから移動しましょうね」

有無を言わさぬ迫力を持った発言、私たちもケアザさんたちも素直に従った。

「悪いね、アイリーン。僕たちやウルラマさんを守ってくれたシャーロット、アッシュ、リリヤの三人に、どうしてもお礼を言いたくてね」

ハルザスさん、わざわざ声高に言うこともないでしょうに。これで、私たちの存在は完全に周知されたね。でも、二人の知り合いと認知されたことで、余計な騒ぎを起こさずにすみそうだ。

「まあ、いいわよ。私も精霊様方から詳しく聞いているもの。シャーロット、アッシュ、リリヤ、私は『受付嬢』兼『ギルドマスター補佐』のアイリーンよ」

このモデルのような美人さんが、アイリーンさんか。私やリリヤさんも、将来こんな女性になりたいよね。リリヤさん自身、彼女を見て目を輝かせている。私たちが挨拶を終わらせると、ギルドの二階にある客室にて、今後についての話し合いを行うこととなった。多分、私の強さのことに関しては、ケアザさんたちと同様、何も知らされていないはずだ。

「さあ三人とも、二階へ行きましょう。他の人たちは、通常業務に戻ってね」

みんながアイリーンさんの言葉に従い、誰一人文句を言うことなく、私たちから視線を逸らしていく。その態度だけで、彼女がどの程度慕われているのかがわかる。

二階客室に到着して中へ入ると、部屋全体にほのかに甘く爽快感あふれる匂いが漂っていた。綺麗な花が壁際に飾られているから、多分あれが匂いの元だろう。貴族たちも使用するためか、内装もやや豪華なものとなっている。

「飲み物を用意するわ。あなたたちは、そちらのソファーに座っていてね」

私たちがソファーに座って寛いでいると、アイリーンさんは奥でティーカップに温かな飲み物を入れ、こちらへ運んでくれた。見た目からホットミルクティーかなと思い一口飲むと、地球で知る

ミルクティーと同一の味だったことに内心驚いた。

「はあ～落ち着きますね」

「うん、いい味だよ」

「美味しい!!」

私たち三人の言葉に、アイリーンさんが優しく微笑む。

「好評でよかったわ。これまで領都カッシーナの収入源は、ナルカトナ遺跡へ訪れる冒険者を相手にすることだけに頼っていたのよ。でも、領主様はそれだけでは厳しいと踏み、土壌を活かした特産品を作ろうと各ギルドのトップたちと相談し合い、三年前から農地改革に力を入れているの。これは、その特産品の一つから作られた新たな飲み物よ」

へえ～、特産品か。この味なら、王都でも絶対に売れるよ。

「さて、シャーロット、アッシュ、リリヤ」

ミルクティーを数口飲み落ち着いたところで、アイリーンさんは真剣な面持ちとなる。

「今、領主様とギルドマスターは所用でこの街にいないの。だから、補佐である私から言わせてもらうわ」

アイリーンさんが丁寧な所作で立ち上がり、深々と頭を下げた。

「カッシーナ、いえ、ジストニス王国を救っていただき、誠にありがとうございます」

この人は貴族なのだろうか?

一つ一つの所作に無駄がなく、見惚れるほどの優雅さだ。

「私は隠れ里ヒダタカのことを知っているわ。長のテッカマルさんやカゲロウさん、ナリトアさんとも、面識がある。あなたたちと里の人が一丸となって、魔物の大群のほとんどを倒してくれたおかげで、ここは救われたのよ。そして、聖女であるシャーロットが霊樹様の力を借りて、あのドール族の最高峰ドールマクスウェルを含めた五体の魔物をも討伐してくれた」

精霊様は、アイリーンさんにそう伝えたのね。ある意味間違いではないので、このままそう思わせておこう。

「この国の救世主と言っても過言ではないわ。私は、無条件であなたたちに協力することを誓います」

精霊様、色々と配慮していただきありがとうございます。『構造解析』をしなくても、この人なら信頼できる。私たちは互いの顔を見合わせて静かに頷くと、アッシュさんが目的を語り出す。

「アイリーンさんも精霊様から聞いているかもしれませんが、僕たちの目的はシャーロットをアストレカ大陸のエルディア王国へ帰すことです。そして現在、転移魔法の刻まれた石碑を探しているところです。仮に習得できたとしても国へ戻れるとは限りませんが、旅を続けていく上で必ず有用なはずです」

アイリーンさんは、ナルカトナ遺跡についてどこまで知っているのだろうか？

「そのために、ナルカトナ遺跡の情報が欲しいわけね。私は、遺跡内のルールについて全て知っているわ。でも、石碑の内容については知らないのよ。昔、ギルドマスターが攻略者の『コウヤ・イチノイ』に尋ねたことがあるの。彼は眉間にシワを寄せ、こう答えたそうよ。『石碑の内容については知らない方がいい。下手に知れ渡ってしまうと、余計な混乱を招く』」

どういう意味？　石碑に、何が刻まれていたの？　転移魔法について刻まれているのなら、その言い方も納得できるけど？

「安心してください。僕たちはコウヤさんの弟子、トキワさんから、遺跡についての情報を少しだけ聞いていています。入口付近まで行って、どんな場所なのかを確認するだけで、遺跡のダンジョンには挑戦しません」

それを聞き、アイリーンさんはホッとした表情を浮かべる。

「安心したわ。あなたたちは、まだ若い。ナルカトナ遺跡に入ったら最後、欲望に負けて残機数を全て失い、死ぬことになるかもしれないもの」

残機数？　私だけでなく、アッシュさんもリリヤさんも意味を理解できないため、首を傾げる。

「ふふ、せっかくだから、ルールを少し教えてあげるわ」

「「「ありがとうございます!!」」」

私たちは、アイリーンさんから遺跡のルールを聞き、言葉を失った。

ナルカトナ遺跡のルール
・遺跡内には、『クエイクエリア』と『ボムエリア』の二つのダンジョンが存在する。
・『クエイクエリア』では、土属性魔法『クエイク』でしか魔物を倒せない。
・『ボムエリア』では、火属性魔法『ボム』でしか魔物を倒せない。

・どちらの魔法も、遺跡入口にある小さな石板に触れることで入手可能。
・誰であろうとも、ステータスの攻撃、防御といった基本数値が全て１５０に統一される。
・スキルは全て使用不可。
・魔法で使用可能なのはヒール系、クエイクまたはボムのみ。
・宝箱には希少金属の元となる鉱石が入っており、階層が深くなるほど、希少価値のあるものを獲得しやすくなる。
・下へおりる階段は毎日、罠（わな）や地形は定期的に一新される。

ここまでの時点でかなり厳しい条件だと思ったのだけど、私たちは次の内容で驚愕（きょうがく）の設定を知ることとなる。

・生息する魔物はエンチャントゴーレムのみ。火や水といった個々の属性を宿しており、一度でもその手で触れられると、即座に『退場』か『死亡』する。

このルールを聞き、私たちは声をあげた。『死亡』はともかく、『退場』の意味がわからないからだ。そうしたら……

「通常のダンジョンにおいて、『冒険者が魔物との戦闘に敗れる』という行為は『死』に相当するわ。これはわかるわね？」

私たちは、ゆっくり頷く。

「ナルカトナ遺跡では、その常識が通用しないわ。遺跡内では全ての種族に二回の死が許される。エンチャントゴーレムの手に触れられたとしても、二回までなら遺跡入口に強制転移されるのよ。私たちは、それを『退場』という言葉で表しているの。そして、三回目の死となった場合……その冒険者は溶かされてダンジョンの一部となる。ここだけの特別ルール、私たちはこれを『残機数』と言っているわ」

残機数……それって日本のコンピュータゲームで使う言葉だ。ここのダンジョンは、ゲームに限りなく近い。でもそれって、私たち冒険者から見れば、チャンスだよね。私からも、少し質問してみよう。

「アイリーンさん、そのルールだと『大陸一の最高難易度』と言われる所以がわからないのですが？」

「私たちは、遺跡内で欲望を試されているのよ。二百年前、アストレカ大陸の種族たちが、ハーモニック大陸のジストニス王国周辺の大地に眠る希少金属を、鉱山から根こそぎ掘り返して奪っていった。そのため、この大陸の希少金属のほとんどは、ダンジョンの地下深くの宝箱でしか入手できない」

うん、それは知っている。アッシュさんの持つ『ミスリルの剣』という浅い階層での獲得もあるけど、その入手確率はかなり低いと言われている。

「でも、ナルカトナ遺跡では地下三階に行くと、三十パーセントの確率でミスリル鉱石、十五パーセントでアダマンタイトやファルコニウム鉱石、五パーセントでオリハルコン鉱石、一パーセントでヒヒイロカネ鉱石を入手できる」

希少金属の入手確率が異様に高い!?　地下三階でその入手確率となると、もっと下に行けば……

「まさか……みんなは希少金属を求めつつ、攻略しようと?」

「ええ、そうよ。あの遺跡を制作した土精霊様は、人の欲望を利用している。地下三階ならば、ある程度慣れた人は行けるのよ。でも、そこからが本当の試練なの。希少金属はたとえ少量であっても高値で売れる。どんな人であっても、冒険者ならば希少金属を求めるもの。そこに狙いをつけた。安全に探索するには強い意志が必要。しかも、数々の罠が張り巡らされているから、単純にダンジョンとしての難易度も高い。ここ五十年における完全攻略者は、コウヤ・イチノイただ一人よ」

チャンスが三回もある以上、冒険者たちが希少金属を求めるのもわかる。トキワさんの師匠でもあるコウヤ・イチノイならば、そういった欲望に負けることなく、純粋にダンジョンを踏破することも可能だ。でも、今の私たちでは無理だ。欲望にあがらうことはできても、実戦経験が圧倒的に足りないから、攻略できないよ。

4話　受付嬢アイリーンからのお願い

古代遺跡ナルカトナ、想像以上に厄介なダンジョンのようだ。現時点では、絶対に入りたくないね。

「アイリーンさん、遺跡について教えていただきありがとうございます。当初の予定通り、私たちは入口でダンジョンの雰囲気だけを堪能しておきます」

「僕も、シャーロットの意見に賛成です。リリヤは、どう思う？」

「私も賛成。そんな希少金属をいきなり入手したら、私とアッシュが欲望に負けるかもしれないもの」

アイリーンさんは私たちの言葉を聞き安心したのか、身体の緊張を緩めてくれた。

「それを聞いて安心したわ。あと、ナルカトナ遺跡以外にも、最奥にある石碑の内容が公表されていないダンジョンは数多くあるわよ。例えば、サーベント王国の『クックイス遺跡』、バードピア王国の『迷いの森』、フランジュ帝国の『ユーハブエ遺跡』かしら」

いずれは、どの遺跡にも足を運びたい。魔剛障壁ももう少しで解かれるだろうし、そこは三人で相談かな。

「ところで……無条件で協力すると言っておきながら申し訳ないのだけど、相談したいことがあるの」

相談？　何か困っていることがあるのだろうか？

「僕たちにできることならご協力しますけど？」

「う〜ん、協力してもらうのはシャーロットとリリヤになるのかしら？」

アッシュさんではなく、私とリリヤさんとなると……料理関係？

「三人は、宿泊する宿をもう決めているの？」

そこから宿の話になるということは、やはり料理関係だ。アイリーンさんは申し訳ない気持ちが表に出ているせいもあって、困った微笑みを浮かべながら尋ねてきている。

「いえ、まだ決めていませんが？」

アッシュさんもリリヤさんも私と同じことを思ったのか、どこか不安げな表情を浮かべている。

「私の知り合いが経営している『ゆりかご』という宿屋に泊まってほしいな〜と思ってね。従業員が……全員十代だけど」

従業員が全員十代⁉　それって大丈夫なの？

「あなたたちの言いたいこともわかるわ。元々、今の経営者の両親が宿を経営していたのだけど、去年二人とも病気で亡くなったの。その子供たちが宿を継ぎ、はじめは軌道に乗っていたわ。でも、客足が次第に遠のき、一ヶ月前までは閑古鳥が鳴く状態だったの」

それって、経営的にかなり厳しいよね。

「アイリーンさん、一ヶ月前と言いましたけど、今の経営状態は？」

彼女の言い方が気になったので質問してみると、彼女は優しく微笑んだ。

「私、ケアザ、ハルザスが協力者となって、あの子たちとしっかり話し合った。『装備品をかけるハンガーラックを各部屋に設置』『ステータスのタイマー設定で起きられない人のための起床ノック』『ゆりかご専用の可愛らしい制服』『内装の模様替え』『食堂にあるテーブル類の修理』など、貯金の少ない状態だったけど色々と実施したこともあって、客足が少しだけ回復したわ」

その状態でそれだけの経営努力を行って(おこな)も、少ししか回復しないのか。

「私とリリヤさんに助けを求めるということは、『料理関係』に何か問題が？」

「その通り。宿屋を経営する上で、ゆりかごには決定的に足りないものがあるのよ。料理自体が……可もなく不可もなく、平凡な味なのよ」

うわあ～、一番中途半端なパターンか。不味(まず)ければ不味(まず)いで客に強い印象を与えるけど、平凡な味の場合、印象がすぐに消えてしまう。料理の味がよければ、多少部屋がイマイチであっても、客は寄ってくるものだ。

「カッシーナにいる有名な料理人にかけ合ったけど、みんな忙しくて料理指導を断られてしまったの。でも!! ここ最近になって、この街も料理関係で賑(にぎ)やかになってきた。シャーロットの開発した料理が、ここまで広まってきたのよ!!」

「なるほど、『私』というネームバリューを利用するんですね」

既に広まっている料理を提供しても、インパクトは薄い。しかし、『私の調理した新作料理がゆりかごだけで味わえる!!』ということになったら、話は別だ。

「その通り!! 『天才料理研究家』と言われているシャーロットと、その助手リリヤの開発した新作料理!! 絶対、客足が戻ってくるわ!!」

「私、シャーロットの助手ってことになっているんですか!?」

あはは、噂(うわさ)が捻(ね)じ曲がって、リリヤさんが私の助手とはね。あながち間違いではないけど。

「カッシーナに滞在する間の宿泊費用や買い出し費用は、全て私が持つわ（かなり痛い出費だけど）!!　新作料理があるのなら、すぐにはレシピ登録せずに、しばらくの間『ゆりかご』だけで振る舞ってほしいの!!」

　これは、ちょうどいいかもしれない。私としても、揚げ物料理の新作を試してみたいと思っていたところだ。

「それは構いませんが、大きな博打になりますよ？」

　コロッケに関しては、ヒダタカでも好評価だったから問題ないと思う。でも、他の料理が街の人々の口に合うのかは未知数だ。低評価だった場合、口コミにより宿の評価が大きく減少するかもしれない。

「大丈夫よ。まずは、私、ケアザ、ハルザス、ゆりかごの面々で味を確認するから。全員が美味しいと言えば、間違いなく客にも響くわ!!　もし、何か問題があったとしても、私たちで味を改良すればいい!!」

　この人の意気込みは本気だ。誰よりも、『ゆりかご』のことを考えている。彼女がここまで言うのだから、今の経営者たちも本気で立て直そうと必死に努力しているのだろう。

「わかりました。ちょうど試したい料理もありますから、そこで調理しましょう」

「ありがとう!!」

　アイリーンさんが、パアッと顔を輝かせて笑顔になり、私の両手を握ってきた。私の力がどこまで通用するのかわからないけど、やるだけやってみよう。

　アイリーンさんとの話し合いも終わり、私たちが一階に下りていくと、商人のウルラマさんがケアザさんたちと歓談している。私たちの姿を確認したら、すぐにこちらへ向かってきてお礼を言ってくれた。そして嬉しいことに、私たちのパーティーも護衛依頼『成功』と判断してくれた。

私たちがウルラマさんたちと分断されてしまった時点で、『護衛失敗』だと思っていたのだけど、あのときの私の判断が『みんなの生存』に繋がったということで、『護衛成功』と見做(みな)されたようだ。

ウルラマさんは、『困ったことが起きたらいつでも私の店に来なさい。王都の本店とカッシーナの支店、どちらにも話を通しておくから』とまで言ってくれた。私たちとしては、『商人』の強力な味方を引き入れることに成功したのだから、万々歳だ。

その後、私たちは彼らと別れ、アイリーンさんとともに新規料理に必要な材料の買い出しに行き、午後三時過ぎに目的地『ゆりかご』に向かった。もちろん、買い出しにかかった費用はアイリーンさん持ちである。

○○○

ここが、『ゆりかご』か。建物の外観は一般的な家屋だけど、道中で宿屋が三軒ほどあった。どこも外観は新しく、少し高級感を漂わせていたこともあり、どうにも古く見えてしまう。

「ゆりかごの経営者は長女のクレアよ。十七歳だから、経営する許可も下りているわ。主に、食材の調達や受付を担当しているわね。従業員が十四歳の長男ヨシュア、十歳の次女ユーリアの二名。

ヨシュアが料理担当、ユーリアは掃除担当よ。部屋数が五室」

基本成人すれば、誰でも経営可能なのね。経理・料理・配膳・部屋の掃除などを三名だけで対応できるのだろうか？　今は客足が少ないから大丈夫だとしても、今後問題となってくるかもしれない。

「今回の件は、ケアザとハルザスが先回りしてクレアたちに説明しているわ。さあ、中に入りましょう」

私の味付けが微妙な場合、全員が協力して改良してくれるのだから、私としても心が軽い。若干の不安材料を抱えながら、ゆりかごの扉を開けると……

「「ゆりかごへようこそ……待っていたわ、シャーロット!!」」

二人の女性が『私たち』を、というより『私』を迎えてくれた。十七歳くらいの女性がクレアさんか。茶髪のロングでやや地味な顔立ちかな。もう一人、十歳くらいの女の子がユーリアさん、黄色い髪で短髪、可愛い顔立ちだけど、やや控え目な印象を受ける。

若干地味めな二人を可愛く引き立たせているのが、制服だ。ユーリアさんの服は子供らしく、フリルとかもついていてお洒落だ。クレアさんの服はアイリーンさんのものに近いけど、ところどころに綺麗な花の紋様が描かれており、その位置も絶妙だ。うん、二人とも可愛いし、十分記憶に残る。

カッシーナに滞在する間、ここが私たちの拠点となる。

思う存分、私の料理を披露し、ゆりかごを賑やかにしてあげよう。

5話　宿屋『ゆりかご』への支援

私たちのいる場所はゆりかごの玄関、すぐ横に小さな食堂がある。あそこで、夕食を食べるわけね。あ、目つきの悪い少年が調理場の扉から現れた。

「ヨシュア、シャーロットが来てくれたわよ」

「クレア姉さん、聞こえていたよ。君が巷(ちまた)で有名な人間族のシャーロットか。俺はヨシュア、よろしく」

おお、目つきが悪いだけで、礼儀正しい人だ。

「ヨシュアさん、クレアさん、ユーリアさん、初めまして。アイリーンさんから事情は伺(うかが)っています。時間も時間なんで、早速私の新作料理を作りましょう。厨房(ちゅうぼう)をお借りして構いませんか？」

午後三時、今から準備を始めて味見をしてもらおう。

「来たばかりなのにいいの？　明日からでも構わないのに」

「クレアさん、構いませんよ。二階の階段から、ケアザさんとハルザスさんもチラ見していますし」

そう、さっきからあの二人がこっちをチラチラ見て、『頼む、今日味わわせてくれ!!』と目で訴えている。買い物中アイリーンさんから聞いたけど、彼らは王都とカッシーナを行き来しているらしく、Cランクの中でもかなり顔が広いらしい。だから、今回あの二人には口コミ担当になってもらう。

「クレア、今日のお客はシャーロットたちとケアザ、ハルザスの五名かしら？」

「はい。飛び入りさえなければ、五名です」

「よし!!　このメンバーなら、楽しい一日を過ごせそうね」

それを聞いたことで、私もリリヤさんもホッとする。このメンバーだけなら、私たちも気を使うことなく料理ができそうだ。

「シャーロットとリリヤは、料理をお願いするわ。アッシュは私とユーリアがゆりかごを案内するから、どこか不便に思った箇所があれば遠慮なく伝えて」

「は……はい!!」

何やらぶつぶつ呟いていたアッシュさんが、アイリーンさんの言葉にはっとしたように答える。ゆりかごを復活させる策でも考えていたのかな？

「アイリーンさん、私もお手伝いします」

「客が急に来るかもしれないから、クレアは受付で待機よ」

クレアさんだけが、がっくりと項垂れる。でも、受付は大事ですよ。お客が来て誰もいなかったら、そのまま帰っちゃうからね。私の方も、動きますか!!

「リリヤさん、サポートお願いします」

「任せて!!」

私とリリヤさんは、ヨシュアさんの案内で厨房へ入っていく。厨房の設備は、エルディア王国の教会やジストニス王国で見たものと比較すると、かなり見劣りしてしまう。まあ、比較する方がおかしいのだけど、あの設備で調理したこともあって、どうしてもね。ここの設備は一般家庭のものより、ワンランク上といったところかな。

「ヨシュアさん、これから作る料理は、『唐揚げ』と『コロッケ』の二種類です。どれも、王都ではレシピを登録していません」

「シャーロットの開発した料理は、もう露店とかで食べているんだ。君の作る料理は斬新で、人の心を掴むものばかりだ。俺は、自分の料理の腕前が、平凡であることを痛感した。自分の言葉で改めて言うよ。頼む、俺に君の技術を学ばせてくれ!!」

十四歳という思春期真っ盛りの年齢、男としてのプライドだってあるだろう。そんな彼が私に対し、深々と頭を下げる。この人は、料理人としての誇りさえかなぐり捨ててでも、より高みを目指そうとしている。それに応えるために、私の知る揚げ物の調理方法を全て伝授してあげよう。

「もちろん構いませんよ。さあ、始めましょう」

唐揚げに必要な鶏肉は、トサカドリで代用する。実物を見たことがないけど、味が鶏に近かったから美味しくなると思う。私が調理方法を丁寧に教えていくと、やはりヨシュアさんも『油で揚げる』という行為に驚いていた。

「油で……食材を……揚げる……その発想はなかった」

「この調理方法、かなり奥が深いです。油の温度が重要なポイントです」

日本の一般家庭と同様、ここにも温度計などがない以上、木製の箸で生じる泡の量を目安に、最適条件を教えていく。

「シャーロット、ここからは私が教えてもいいかな？　コロッケで一度コツを掴んでいるから、ヨシュアさんと二人で調理したいの」

う〜ん、実際に自分たちで調理しながらの方が、覚えやすいかな。リリヤさんも、貧民街で練習したもんね。唐揚げも材料こそ違うけど、後半の工程は似ているから問題ないと思う。

「わかりました。後方で見ていますから、二人で協力して調理してください」

「やった!!　ヨシュアさん、頑張って揚げて、みんなを驚かせましょう!!」

「ああ!!」

火事の危険性もあるから、常時見張っておこう。

——あれから、後方でずっと様子を窺っているのだけど、ちょっと予想外のことが起きている。

調理の工程に問題はないのだけど、二人の雰囲気がまずくないかな？

「ヨシュアさん、ジャガガの潰し方が甘いよ？　ここは、もっと丁寧にしっかりと潰さないと……ほら、こんな感じ」

「あ……手……」

リリヤさんがそっとヨシュアさんの手を握り、ジャガガを潰していく。手を握られている彼は真っ赤となり、ジャガガではなくリリヤさんをじっと見ている。なんか、趣旨が違ってきてない？

傍から見れば、カップルがイチャついているみたいなんだけど？　とてもじゃないけど、アッシュさんには見せられない光景だよ。そういえば、彼は何か良案を見つけ出せたのだろうか？

○○○

シャーロットは上手く進められているのかな？　僕――アッシュは料理の腕前も、リリヤほど上達していない。だから、違う面で役に立たないとな。

ユーリアが先導してゆりかごを案内してくれたけど、部屋の掃除も行き届いているし、荷物や装備類用のハンガーラックの設置も、宿泊者の立場になって考えるとありがたい。性格によっては、適当に荷物を置いた後、どこにあるのか忘れる人だっている。これがあれば、そういうこともぐっと減る。部屋の内装に関しても、問題ないと思う。

「ユーリア、僕の見た限り、今のところ不満はないよ。ただ、気になる点といえば、食事かな」

彼女は意味がわからないのか、首を傾げる。

「宿泊者が食堂に来て席に座ったとき、君は何を用意しているの？」

「何って……普通にお水を出すだけだよ？」

やはり、ここもそれだけか。

「アッシュさん、どういうこと？　どこのお店でも、水しか出さないよ？」

普通は、そうなんだよ。

「ユーリア、君が外出して夕飯前に帰ってきたとき、クレアさんがいつも言っている言葉がきっとあるよね？」

「え……と、お客さんがいなかったら、私たちだけでご飯を食べるから、そのときは『うがいをして、手を洗いなさい』って言ってるかな？」

どこの家庭も、普通はそういうものだ。

「ねえ、アッシュ、何が言いたいの？」

一緒に見て回っているアイリーンさんも気づいていないのか。

「簡単なことですよ。お客の大半は『冒険者』。当然服も身体も汚れています。時間帯によっては、そのままの状態で食堂に向かってくる。そんな汚い状態で食事をすると、自分自身の汚さでお腹を壊すこともあるし、石や砂が気づかぬうちに料理に入り、クレームを入れてくる場合もある」

「あった!!　アッシュさん、ありました!!」

やはり、実際に起きている。となると、僕の考えた『アレ』を使用すれば、そういった事件をかなり軽減できるはず。

「そうか!!　そういうことが起きないよう、私たちが配慮すればいいわけね!!」

「まずは、食堂に移動しよう。それでユーリア、少し大きめの容器二つと、うち一つにお湯を入れて持ってきてくれないかな？」

「え？　はい、わかりました」

僕たちは食堂にある椅子に座り、ユーリアがお湯の入った容器をテーブルに置く。僕はマジックバッグから、例のものを取り出す。なんの変哲もない、吸水性の高い小さめのタオルだ。これを容器に入ったお湯に浸け、その後すぐに絞る。

「ユーリア、これで顔や手を拭いてみて」

僕がユーリアに温かな布を渡すと、彼女は言われた通り、自分の手や顔を拭いていく。

「はあ~温か~い、スッキリする~~~あ!!」

「なるほど、そういうことね!!」

そう、食前にこういった温かなタオルをお水と一緒に出しておけば、宿泊者もすぐにその意図に気づく。これだけで、先程の事件を未然に防ぐことができる。

「アッシュさん、凄い、凄いよ!! 私、全然思いつかなかった!!」

「完全に盲点ね。私も、言われるまで気づかなかったわ」

よし、第一段階は上出来だ。さあ、第二段階に移行するぞ!! 今のアイデアは、はっきり言ってすぐに広まり、目新しさもなくなる。だから、ゆりかごでしか堪能できないものを作る。マジック

バッグから、アレを取り出そう。

「アッシュさん、それは何ですか?」

「魔導具? 初めて見る形ね」

さすがに、これはまだ広まっていないか。

「これは……魔導具『温泉銃』」

「温泉銃?」

「温泉銃ですって⁉」

アイリーンさん、名前だけは知っているんだな。

「それは、クロイス様が発表したばかりの新作魔導具よ‼　完全調整されたものの、まだ数が少ないから、国の全ての街に簡易温泉施設を建築して、当面はその施設だけに設置される予定と聞いているわ。なぜ、あなたがそれを持っているの‼」

クロイス様、仕事が早い。あの計画を、もう実行に移しているのか。シャーロットから、責任者のビルクさんも温泉というか、温泉兵器を気に入っていたと聞いている。彼も、温泉をみんなに早く堪能してもらいたいと思っているのかな？

「僕たちは、反乱軍に途中加入しました。その後、シャーロットの活躍もあって、温泉兵器を特別に貰えたんです。まずは、この温泉銃の効果をお見せしましょう」

空の桶に温泉を注ぎ入れる。そして、新たな小さめのタオルを温泉に浸けて軽く絞った後、ユーリアに渡す。

「ふわああ〜〜、なにこれ〜〜〜、気持ちいい〜〜〜。ただのお湯と、全然違う〜〜」

うん、君のそのホワアアンとした顔を見ただけで、気持ちよさが僕にも伝わってくるよ。

「アイリーンさんもどうぞ。シャーロット曰く、美肌効果もあるそうです」

「なんですって⁉」

やっぱり、女性は肌に敏感なんだな。美肌と言っただけで、顔色を変えて飛びついてきた。

「これは……確かに気持ちいいわ。ただのお湯と、全然違う。あ〜温泉に入りたい」

アイリーンさんからの評価も高い。ユーリアのときと同様に、その気持ちよさが伝わってくる。つい僕も見惚れてしまうほどだ。ユーリアは、ずっと両手で温泉の染み込んだタオルを握っている。

そろそろ、効果が現れてきたかな？

「ユーリア、手荒れが酷かったけど、今はどうかな？」

「え……うえええ～～～手が綺麗になってるよ～～～～」

よし、思惑通りだ!!

「この温泉兵器は、諸事情があって複数所持しているんだ。だから、この一つを君にあげるよ。可愛い女の子の手を、これ以上荒れさせたくないからね」

「え……えええええええええーーーーーーーーー」

この温泉兵器は、いずれ一般人も入手できる。だから、そこまで驚くことないだろうに。なぜか、顔を真っ赤にさせて、両手を頰につけている。

「アッシュ」

「アイリーンさん？　どうしたんですか？」

なぜか、奇妙な表情で僕を見ている。

「いえ、なんでもないわ。とにかく、あなたの案を即採用させてもらうわ。ユーリアも賛成でしょ？」

「は……はい!!　大賛成です!!　アッシュさん、ありがとうございます!!」

よし、僕も役に立てたぞ!!

あとは、シャーロットたちの作る料理だけだ!!

6話　ナルカトナ遺跡に行ってきます

昨日は、『奪い合いの戦争』となってしまった。ケアザさんとハルザスさんは大食いな上、合計九人いることもあって、購入したトサカドリの肉を全部使って唐揚げを作ったのだけど、あそこまで波乱の夕食になるとはね。

当初、私、リリヤさん、ヨシュアさんの三人だけで試食を行っていた。

やはり、はじめの数品に関しては、調味料の配分や揚げ時間などにより味もイマイチだったけど、その失敗から試行錯誤を重ねることで調理の最適条件を導き出すことに成功した。その後、全員で完成品を試食してもらったのだけど……あっという間になくなった。そこから、私以外の全員が目の色を変えたんだ。

私、リリヤさん、ヨシュアさんは唐揚げとコロッケと野菜サラダを大量に調理していき、その間にケアザさんとハルザスさんがテーブルを動かして一つにまとめてから、椅子をセッティングした。そして、ユーリアさんとクレアさんが黙々と料理を配膳していく。

アイリーンさんとアッシュさんは、彼考案の『温泉おしぼり』を人数の二倍作成していく。まさか、アッシュさんがおしぼりを思いつくなんてね。私も、その存在を忘れていたよ。

お風呂が設置されていない分、温泉で身体を拭いたり、食前食後におしぼりを提供することで、衛生面を整えるんだね。温泉兵器に関しては、まだ供給が整っていないから、当面カッシーナではゆりかご独自のものとなるだろう。

全ての用意が整い、アイリーンさんが「夕食をいただきましょう」と言ったところで、周囲の空気が一変する。よほど食べたかったのか、私を除く全員が唐揚げに集中した。試食が相当気に入ったようで、みんな貪るように食べる、食べる、食べる、食べる!! 女性陣も、黙々と食べていく。量が少なくなってからは奪い合いの戦争になったのだ。私は唐揚げ三個をいただいた後、コロッケを食べ、腹を満たした。

夕食後、ゆりかごの面々やアイリーンさん、ケアザさん、ハルザスさんが、私、アッシュさん、リリヤさんに対し、お礼を言ってくれたのは言うまでもない。しかも、ゆりかごに滞在している間の宿泊料金は、アイリーンさんだけでなく、ケアザさんやハルザスさんも負担してくれることになった。国外の遺跡に関連する情報もタダで教えてもらう。ナルカトナ遺跡についての追加情報も、三人から色々ともたらされた。

・個人が同じ階層でエンチャントゴーレムを十体倒すと、残機数が一増える。
・宝箱からアイテムを取り出す度に、フロア内のどこかで、新規のエンチャントゴーレムが発生する。つまり、欲に溺れれば溺れるほど、危険度が増していくシステムとなっている。
・外部から持ち込んだエスケープストーンは使用不可。ダンジョン内の宝箱またはゴーレムを倒

すことで入手可能。

・セーフティーエリアに宝箱を持ち込んではならない。

・宝箱をマジックバッグに入れることは可能だが、一時間という時間制限がある。制限時間を越えたり、その階層から出てしまうと、バッグ内の宝箱全てが消滅する。

・エスケープストーンは、石板で登録したパーティーの人数と同じ個数を入手しないと使用できない。

・遺跡内でしか入手できない特殊アイテムに限り、アイテム名とその効果が所持者のステータスに表示される。

・石板に触れて魔法を入手した後、いくつかの質問がステータスに表示される。ケアザさん曰く、『アンケートのような内容だが、そこで何を求めるのかが重要だ。「第一に欲しいものは？」と聞かれたら、エスケープストーンと答えろ』とのこと。

・質問が終了すると、『今すぐダンジョンに挑戦しますか？』と聞かれる。

これらは、かなり重要な情報だ。ただ私たちの場合、ほとんど観光目的だから、クエイクとボムの魔法を入手するだけでいい。

こうして、充実した一日があっという間に過ぎたんだよね。

――そして翌朝、私たちは食堂で朝食を食べ終えた後、ナルカトナ遺跡に向かうことをみんなに伝える。

「三人とも、帰ってくるよね？」

ユーリアが不安げに私たちへ尋ねる。昨日の夕食のバトルで、彼女たちとは一気に距離が縮まった。

「もちろん、帰ってくるよ。そうですよね、アッシュさん、リリヤさん」

そういえば、ユーミアはアッシュさんのことを、ヨシュアさんはリリヤさんのことを結構意識している。リリヤさんについては私も見ていたからわかるけど、アッシュさんの方でもキッカケとなる何かが起きたのだろう。

「当たり前さ。今回の目的は、遺跡の雰囲気を知ること。観光と同じだから、夕方までには戻ってくるよ」

ここからナルカトナ遺跡まで、徒歩一時間と聞いている。順調にいけば、アッシュさんの言う通り夕方までには余裕で帰れる。

「うん、こんな解放的な気分で冒険するのは久しぶり!!　ピクニック気分で行ってくるね」

アッシュさんやリリヤさんから、力みを感じない。ユアラ戦以降、私もどこか緊張して訓練に臨んでいたから、ここまで解放的になるのは久しぶりだ。

「お前ら……気をつけて行けよ。俺は冒険者じゃないけど、何が起こるのかわからないのが冒険なんだろ？」

ヨシュアさん、それってリリヤさんだけに言ってない？　さっきから、チラチラ見ているしね。その後も、クレアさんやケアザさん、ハルザスさんにアドバイスを貰っていく。そして、最後のアイリーンは――少し真剣な面持ちだった。

「三人とも、領主様の馬鹿息子『ゼガルディー・ボストフ』には気をつけなさい。二日前、三人組の冒険者とともにナルカトナ遺跡へ行ったきり戻ってきていないの。あいつは十八歳で、領主様と違って自己中、傲慢(ごうまん)、我儘(わがまま)の三点揃い踏みの愚か者なの」

今時、そんな馬鹿貴族がいるのね。

「優秀な領主様であっても、親としてはダメね。息子を甘やかして育てたせいで、ゼガルディーはボストフ領全ての人から嫌われているわ。みんな、表には出さないけどね」

その人、相当な大馬鹿者だね。いつか、痛い目に遭(あ)うといいよ。

「顔と服装だけで、『こいつがゼガルディーか』と一発でわかるから、もし姿を見かけても絶対に近寄ったり話しかけたりしてはダメよ」

そんなに目立つ存在なの？

アイリーンさんから奇妙な忠告を受け、私たちはナルカトナ遺跡へと向かった。

○○○

ナルカトナ遺跡は、千年以上前に建築された砦(とりで)と聞かされている。その後起きた戦争の影響で、砦(とりで)の半分以上が崩壊しているものの、ダンジョン化してからはずっと形態を維持しているらしい。

遺跡は小高い丘の頂上にあり、訪れる冒険者が多いこともあって、遺跡までの道は整備されていた。

先日の大量討伐のせいか、魔物と遭遇することもなく、私たちはピクニック気分でウォーキングを楽しめた。遺跡からは周辺の景色も窺える。

「シャーロット、アッシュ、凄いよ!!　あの大きくて半壊した砦がナルカトナ遺跡なんだね!!」

「大きいな。確かに、ここからなら周辺の景色を見渡せるから、砦としての機能を果たせそうだ」

千年以上前のことだから、多分地形も大きく変化していると思うけど、半壊した状態でこれだけの存在感を放つのだから、当時はかなり重要視されていたに違いない。

「アッシュさん、リリヤさん、遺跡入口周辺に、大勢の冒険者がいますよ」

「本当だ、何かあったのか？」

「みんな、遺跡の中を見て、何か言い合っているね」

ダンジョン内で、トラブルでも発生したのかな？

「無用なトラブルは避けたい。僕が先に行って騒ぎの理由を聞いてくるよ。リリヤとシャーロットは、ここにいて」

あそこに行ったら巻き込まれる可能性大だもんね。ここは、アッシュさんに任せよう。

「アッシュ、気をつけてね」

「危なくなったら、即逃げてくださいね」

アッシュさんが、遺跡入口で話し合っている八人の冒険者のところへ行き、話を聞いてくれた。楽しく話していると思いきや、いきなり驚いたりもしている。そしてアッシュさんは、全員にお礼を言ってから私たちのもとへと戻ってきた。

「二人とも、理由がわかったよ。どうやら『クエイクエリア』の地下三階で、ゴーレムが大量発生したらしいんだ。その数……なんと三十体以上」

「「三十体以上⁉」」

一体、地下三階で何が起きているの？

「彼らは、全員地下三階にいたんだ。なんの前触れもなく、大きな振動が突然起こった。しばらくすると、その正体が大量のゴーレムが出現したためとわかり、捌きれないほどの数だったから、全員がエスケープストーンで脱出してきたそうなんだよ。そして、こうして他のパーティーと互いの状況を説明しあっているってわけ」

ゴーレムの大量発生、何か理由があるはずだけど、貴重な残機数を失う危険性を考えたら、『脱出する』という選択肢を選ぶのが最善だよね。

「アッシュ、シャーロット、その……遺跡の中には入りたいけど、ダンジョンでの『クエイク』と『ボム』の入手は、この騒ぎが落ち着いてからにしない？　今やったら、何か起きるかもしれないよ？」

リリヤさんの言いたいこともわかる。こんなとき、無理にやろうものなら、絶対何かに巻き込まれるよ。

「私は構いませんよ。落ち着くまで、カッシーナでゆっくりしましょう」

「僕も賛成。焦る必要はないからね」

ナルカトナ遺跡には、観光で来たようなものだ。アイリーンさんやケアザさん、ハルザスさんのおかげもあって、遺跡の情報もいくつか入手できている。今日は、遺跡の観光だけに留めよう。

「よかった。それじゃあ、遺跡の中に入ろうよ!!」

状況もわかったところで、私たちは遺跡へと向かう。すれ違う冒険者たちは人間族の私に驚いていたけど、私が自己紹介したら、みんなも納得してくれた。挨拶する人全員が真剣な面持ちで、『ダンジョンに入らないように』と注意してくれたよ。そして、私たちはいよいよ遺跡内部への進入を試みた。


「これが……遺跡内部……」

あの騒ぎのせいもあって、周囲には誰もいない。私の声だけが響く。

「「……」」

言葉がこれ以上出てこない。二人も、口を開けたまま何も喋ろうとしない。私自身、こういった巨大な遺跡の内部を見るのは、前世も含めて生まれて初めてだ。当時の人たちは何を思い、この砦に住んでいたのだろうか？　稼働していた当時は、さぞ賑やかであったに違いない。

「あ、大きな石碑があるよ」

リリヤさんの指差す先には、高さ四メートルほどの石碑があり、文字が刻まれている。

『冒険者たちよ、我はこのダンジョンを管理する土精霊なり。この地には、金銀財宝が眠っている。一攫千金を狙うものは挑戦するといい。ただし、生半可な気持ちで挑戦すると、すぐに「死」を迎えるだろうから、心してかかるように。そなたたちから見て左手方向にある石板に触れると「クエイクエリア」、右手方向にある石板に触れると「ボムエリア」へのルール説明がステータス内に記載される。説明後、いくつかの質問が用意されている。最後の質問を答え終わると同時に、エリアに向かうか問われるので、そこで「はい」か「いいえ」を選択するといい。健闘を祈る』

土精霊様が管理しているだけあって、内容も丁寧だ。私たちの場合、最後の質問で『いいえ』を選択すればいい。

『クエイクエリア』と『ボムエリア』、各エリアの内容に関しては、アイリーンさんたちからまだ教わっていないし、絶対に入らな――」

え？　アッシュさんが話している最中に、周囲の景色が急に切り替わった。

「あ……れ？　ここはどこだ？　さっきまで石碑近くにいたはず？」

「うん……私もシャーロットもアッシュも、ずっと石碑の近くにいて、あの内容を見ていたもの。でも、急に……どういうこと？　ここはどこなの？」

私たちの身に、何が起きたのだろうか？

7話　ゼガルディーとユアラの企み

ちっ、どうしてこうなった⁉　この程度の成果では、俺――ゼガルディーが家から除籍されてしまう。今になって、親父の言葉が蘇（よみがえ）ってくる。

『クロイス女王は成長なされた。私も、変わらねばいかん。私は妻を失ったせいで、一人息子であるお前を甘やかしてしまった。ゼガルディー、はっきり言おう。今のお前では、この領地を継がせるわけにはいかん』

俺は一人息子だから、必ず跡を継げると思っていた。

『私は冒険者ギルドのマスターとともに、二週間ほど領を出る。それまでに、私を感嘆させるくらいの実績を出せ。出せなければ、お前をボストフ家から除籍する』

親父のあの目は、真剣そのものだった。だから、俺はなんらかの実績を出せそうな街を調査して、その都度ギルドの連中と話し合ったというのに、どいつもこいつも言葉にこそ出さないが、明らかに俺を馬鹿にしている。俺の話を聞いても、褒めこそすれ、絶対に俺の意見に賛成しない。

親父が帰ってくるまで、もう時間がない。一か八かの策でナルカトナ遺跡に入り、一攫千金を狙ってみたものの、大した成果もないまま、残機数を減らしている。俺が悪いのか？　いや、護衛であるこいつらがグズなんだ。ナルカトナ遺跡探索者の中でもベテラン揃い、二十代後半の三人を護衛として選んだにもかかわらず、こいつらの探索ペースはあまりに遅い。宝箱からアイテム一個を取るだけでも、何か相談し合っている。

「おい……宝箱があるのになぜ素通りしている？」

ちっ、まあいい。

「おお、ヒヒイロカネ、やりぃ!!」

地下三階で一日中探索して、やっと目的の『ヒヒイロカネ』を見つけ出せたか!!　護衛連中の一人を失ったが、まあいい。

「な!? 馬鹿、取るんじゃない!!」

この男、名はキーファスだったか？ 頭がおかしいのか？ 希少金属の中でも、最も価値の高いヒヒイロカネだぞ？

「アナタ、何やっているのよ!! そうやって、何も考えずに勝手に取っていくから、ゴーレムが急に現れて、仲間のアインが死んだのよ!!」

この女も、うるさいやつだ。『あの仲間の死』までは、俺に対して敬語を使っていたくせに、今では完全に平民口調だ。探索終了後に支払う報酬を減額してやる!!

「そいつが、残機数のことも考えずにダンジョンに入るからだ」

俺も忠告くらいはしたさ。あの男は残機数が一機しかないにもかかわらず、俺たちとともにダンジョンに入り死んだ。

「貴様!! アインは土属性を持っていないからクエイクを習得できない。その分、貴重なリジェネレーションを使えるから、俺が無理を言ってヒーラーとして雇ったんだ。それを……アンタがわざとアインを転倒させたせいで、ゴーレムの餌食（えじき）となったんじゃないか!!」

さっきのことを言っているのか？ ゴーレムが全方位から六体近く襲ってきて、俺たちは逃げ場のない状態だった。助かるためには『囮（おとり）』がいるだろ？

「あいつが一番お荷物だった。『囮（おとり）』となって俺たちを救えたのだから、やつも本望だろう？」

「貴様!!」

「おい、俺をここで殺す気か？　高額な報酬を貰えなくなるぞ？」

あはは、躊躇しているな。仲間が死んでも、所詮こいつらもお金を選ぶんだよ。親父にヒヒイロカネを見せたら、俺への評価も変わるはずだ。親父を感嘆させるほどの成果ではないが、一時凌ぎにはなる。

「二人とも静かに!!　ねえ、何か聞こえない？」

む、なんだ？　この『ドドドドド』という音は？　音のする方向は、俺たちの後方か？

「あれは……ゴーレムの大群!?　ラナ、ゼガルディー……様も逃げるぞ!!」

なぜ、あんな大群がここにいる？　一体、何十体いるんだ？

「わかったわ」

「お前ら、エスケープストーンを使うぞ!!　目的は達したのだから、もうここに用はない!!」

俺がそう言った瞬間、二人が一斉に睨んできた。

「今日の朝、一度使っただろ!?　その後、アインが予備を持ったまま死んだんだ。だから、エスケープストーンはない!!　さっきのセーフティーエリアまで走れ!!　それと、宝箱があったら走りながらでもいいから開けろ!!　こうなったら、特殊アイテムに賭けるしかない!!」

この俺に命令するな!!　だが、やつの意見も一理ある。特殊アイテムを入手できれば、この窮地を脱することができるからな。宝箱を拾いつつ、全速力で走りながら後方を振り向くと、大量のゴーレムが俺たちに狙いを定めて進撃してくる。くそ、さっきより数が増えているじゃないか!!

通路の端から端までゴーレムで満たされている。俺たち以外のパーティーが、宝箱を大量に開けたに違いない。この遺跡の基本ルールを知らない馬鹿が、紛（まぎ）れ込んでいたのか!?

「セーフティーエリアの入口よ!!　急いで入りましょう!!」

やっと見つけたか。俺の体力もギリギリ保ってくれたな。

「ふう、ここまでくれば一安心だな」

どこが一安心だ!!　ただの一時凌（しの）ぎだろうが!?　脱出したら必ず犯人を突き止めて牢屋にぶち込んでやる!!

「あのゴーレムの数は、なんなんだ!?　あんな大群、今までに見たことがない!!」

「ねえ、キーファス。あのゴーレムたち、何かおかしいわ。罠（わな）を踏んだわけでもないのに、どうして一方向から押し寄せてきたのよ。その後の出現方法もおかしいわよ。まるで、私たちをここへ誘導しているかのような現れ方だったもの」

今は、そんなことどうでもいい。二人で勝手に疑問を投げ合っていろ。とにかく、ここにいる間は安全なのだ。逃げてくるまでの間に、一つ気になるアイテムを発見した。ここでしか入手できない『特殊アイテム』ならば、アイテム名とその効果が俺のステータスに表記される。あれを、『丸い透明なガラス玉』の効果を、早速確認しなければ!!

「これは!?　ふふふ、あはは、あはははははは。天は我を見放していなかった!!　お前たち、喜ぶがいい!!　今から脱出するぞ!!」

俺の入手した特殊アイテム、それは――

アイテム名『位置之御玉』
効果：遺跡内にいる者全員の名前・種族・性別・年齢・残機数と現在位置が、階層ごとに、所持者のステータスに表記される。そして、この者たちのいずれかと現在位置の交換が可能となる。
使用条件：石板に登録したパーティー全員で実施すること（死者は除く）。

はははは、互いの位置を交換させるのなら、当然遺跡入口にいる連中だ。ちょうど三人の冒険者が遺跡内へ入ってきた。『シャーロット』という名をどこかで聞いたような気もするが、まあいいだろう。

〇〇〇

「あははは、ねえドレイク、あのゼガルディーの馬鹿顔を見た？　『天は我を見放していなかった』ですって。アンタ、領内に住む人々全員から既に見放されているから!!」

我が主人は、またシャーロットと遊ぶ気でいる。彼女の追撃から逃れるため、私たちはランダルキア大陸北方に位置するズフィールド聖皇国の地方都市サルメダルへ転移した。私も詳しく知らないが、長距離転移には莫大な魔力が必要とされる。ユアラは、転移魔法を使いこなせるほどの魔力を所持していない。その供給源がどこなのかいまだに不明だが、シャーロットからも神ガーランドからも逃れることに成功したのは事実。神の目をどうやって欺いているのかわからないが、私がユアラの従魔である以上、彼女とは一心同体、ユアラが神に捕捉されれば、我もタダでは済むまい。ユアラは、神に恐怖しないのだろうか？

「ユアラ、ここは宿屋の部屋の中だ。あまり、騒ぐな」

「平気、平気。部屋の内部の音が漏れないよう、ちゃ～んと魔法を展開しているもの」

既に、対処済というわけか。

「シャーロットと遊んでから十日ほどしか経過していない。迂闊に動けば気づかれるぞ？」

「それも平気。今回、私はシャーロットと接触しないもの。ダンジョンシステムを統括するのは、『精霊』『高位魔物』『ダンジョンコア』の三つ。私は、このシステムをハッキングして少し弄っただけよ。もしものときのために、この三者やガーランドが『侵入者』を検索しても、全く別の人物になるような『バグ』も入れてあるから安心して」

我が主人ながら、恐ろしい存在だ。普通の人間は、そのシステム自体を弄れないのだから。我々を陰で操る存在が、彼女になんらかの力を与えているのは間違いない。ユアラは当然正体を知っているようだが、頑なに口を閉ざしている。

「『ゴーレムの大量発生』『セーフティーエリアへの誘導』『特殊アイテムの設置』。ふふふ、全てが上手く噛み合わさって、シャーロットたちを『クエイクエリア地下三階』へ転移させられたわね。さあ、彼女たちは対抗手段のない状態で、どう動くかしら？」

というか、アイテムを使用した『ゼガルディー』という魔鬼族も屑だな。種族・年齢・残機数が見えているにもかかわらず、遺跡入口にいる一番年齢の低いあの三人を選択したのだから。やつが人としての情を持っているのなら、地下一階にいるメンバーの中でも、ベテランで残機数の多い誰かを選択すればいいだけのこと。ユアラは彼の性格を見抜いた上で、アイテムの効果をシャーロット一行に限定しなかったのか？

「先程、その後のことも考え、いくつか仕掛けを用意していたようだが？」

「ああ、あれらのこと？　今回、私はガーランドのこともあるから、シャーロットたちと接触しない。その代わり、ちょっとしたサプライズプレゼントを用意したの。ふふふ、基本、精霊は好奇心旺盛（おうせい）な生物だから、必ず私の用意したシステムを使うわ。シャーロットたちからすれば、挑戦状と受け取るでしょうね」

「なるほど、ユアラ自身はここで高みの見物というわけか。残機数もあるから、死ぬことはない。ただ、遊んでいるだけ……と？」

「ふふふ、そういうこと!!」

　シャーロットたちも気の毒に。ここまで、ずっとユアラに監視されているとは思っていまい。今回、隠れ里ヒダタカで起こした大規模な遊びとは違うから、被害もほとんど発生しないだろう。だが、精霊やシャーロット自身が我々に気づく可能性はある。彼女は全く未知なる存在、どういった行動を起こすのかわからない節がある。いつか、ユアラが足元を掬（すく）われなければいいが。

ここは、どこだろう？　場所が、遺跡入口から急に切り替わった。まるで、転移魔法を使用したかのようだ。周辺を観察すると、男女マークのついた個別のトイレ部屋、大部屋の入口となる大きな扉が一つ。広さは二十畳ほど、壁は灰色に近い色合いだ。魔導具があるからなのか、部屋全体はかなり明るい。

「ねえ……アッシュ、シャーロット、ここって『セーフティーエリア』っぽくないかな？」

今まさに言おうとしていたことを、リリヤさんがポツリと話す。

「ああ、雰囲気がそっくりだけど、僕たちはダンジョンにすら入っていない。それなのに、どうして？」

――ドドドドドドドド!!

え、何？　部屋の外から何か大きな騒音が聞こえてくる。

「あれ？　外からの音は聞き取れますけど、気配や魔力を何も感じ取れませんね。アッシュさんはどうですか？」

「僕も感じ取れない。まさかとは思うけど、ここって……うん？　リリヤ、どうかしたの？」

彼女を見ると、顔色がどんどん青ざめていくのがわかった。

「アッシュ、シャーロット、ステータスを見て。ここがどこかわかったわ」

ステータス？　おそるおそる自分のステータスを覗くと――

「「え!?」」

私のステータス数値が、全部百五十に統一されていた。しかも、備考欄に『残機数×2』『スキル封印』『魔法封印（ヒール系を除く）』と記載されており、現在位置が『ナルカトナ遺跡クエイクエリア地下三階』となっている!!

「クエイクエリアだって!?　僕たちは石板にすら触れていないのに、どうして!?」

どういうこと？　なぜ、私たちがエリア内にいるの？　管理している土精霊様は、何をしているのだろうか？

「私たち全員、魔法『クエイク』を持っていないよ？　どうやって、エンチャントゴーレムに立ち向かうの？」

リリヤさんの一言に、私もアッシュさんも押し黙る。私たちはアイリーンさんらから、『クエイクエリア』と『ボムエリア』における様々な情報を教えてもらっている。クエイクエリアにいるゴーレムの討伐方法は、魔法『クエイク』のみ。今の私たちはスキルも魔法も封印されているから、自分たちだけで習得することは不可能だ。

「そうだ!!　シャーロットは『状態異常無効』を持っているよね？　スキルや魔法を使えるんじゃない？」

「リリヤさん、私も封印されています。おそらく、ナルカトナ遺跡のシステム自体が私の力を上回っているんです」

私の力は、元はガーランド様のシステムによって大幅強化されたものだ。ナルカトナ遺跡のシステムは、その下位的存在であっても、力は私よりはるかに上なんだ。『無効化』スキルだけじゃなく、『身体強化』や『視力拡大』といった、魔力を使用して身体の内部を強化するスキルも使用不可みたいだ。

「とにかく、ここで悲観していても何も進まない。僕がここを出て様子を見てみる。多分、この騒音の正体はエンチャントゴーレムの足音だ」

「アッシュ、危険だよ!!」

「そうですよ。入口を開けた瞬間、目の前にいるかもしれませんよ？」

私もリリヤさんも薄々勘（かん）づいていたけど、あまり考えたくなかった。遺跡入口にいた冒険者たちの情報によると、数えきれないほどのゴーレムの大群が……このフロアにいるのだ。対抗手段のない今の状況で、外に出るのは怖い。

「一生、ここで生活するなんて嫌だよ。ここから脱出するための方法は、『エスケープストーンの入手』『ゴーレムの手に触れられる』の二択だけだ。それに、シャーロットは急激な力の低下の影響で、ろくに動けないと思う。僕の場合、能力はほとんど低下していないから、力を存分に扱える。一縷（いちる）の望みにかけるのなら、僕が動くしかない」

う、全くの正論だ。入口を出ないと前に進めないのだから。

私自身、１５０の力を存分に扱いきれないのも事実だ。

「アッシュさん、申し訳ありませんがお願いします」

「アッシュ……気をつけてね」

彼はゆっくりと頷（うなず）き、入口の扉を開ける。すると——

「え……あれが……ゴ……うおおおおぉぉぉぉ～～～～～」

――ドーーーーーン!!

え、何この衝突音は⁉　アッシュさんが入口を開けたと思ったら、突然閉めたよ!!

「あぶね～～～～～」

「アッシュ、何が起きたの⁉」

リリヤさんも私も、混乱状態だ。アッシュさんが外に出て数秒で戻ってきたのだから。

「目の前に馬鹿でかい……高さ三メートルくらいかな？　とにかく、茶色の大きなゴーレムがいたんだ。目が合った瞬間、いきなり殴りかかってきた」

殴り……当たったら確実に死んで……いや残機数を減らして退場処分となっていた。

「しかも、一体だけじゃない。周辺はゴーレムだらけ。この騒音が落ち着くまでは、セーフティーエリアで力を温存しよう。シャーロットは、１５０の力に慣れておいた方がいい」

今の私では、確実に足手まといだよ。アッシュさんやリリヤさんと同レベルになるまで、セーフティーエリアの中で訓練して力の制御に慣れておこう。

○○○

私たちは……いや私は『ユアラ』という謎の少女に目をつけられた。彼女は転移魔法の使い手。しかも裏には何者かが潜んでいることもあって、いつどこで狙われるかわからない。

だから私たちは、常に一週間分の料理や食材を、各自のマジックバッグ（時間停止機能付）に振り分けて入れている。セーフティーエリア内でも一週間くらいは、滞在可能だ。また、ステータスに日にちと時刻が記載されているため、私たちがセーフティーエリアに転移させられてから、どの程度時間が経過しているのかもわかる。私は力に慣れるために時間を使い、アッシュさんとリリヤさんは残機数を減少させず、どうやって外に出るのかを模索している。

ここに来てから約四十八時間、幸い魔導具自体は使用可能であるため、温泉兵器で身体を潤すこともできた。転移当初、かなり気が動転していたけど、時間の経過とともに、私たちは落ち着きを取り戻していった。

落ち着いたことで、一つわかったことがある。ゴーレムは、何者かがこのセーフティーエリア内にいることを知っている。にもかかわらず、なぜか散開していった。私たちは不思議に思い、セーフティーエリアを出て少し散策したところ、アッシュさんの見たゴーレムたちは周囲からいなくなっていた。

理由は不明だけど、これを好機と考え、私たち三人はゴーレムに見つからないよう、少しずつ探索範囲を広げていき、心にゆとりを持つことに成功する。そして、いよいよダンジョンから脱出するため、本格的に動き出すことにした。

「僕たちがやることは三つある。一つ目、地下三階の宝箱に関しては全て無視すること。宝箱の中身がエスケープストーンであっても、一体増えるだけでゴーレムの配置が大きく変化してしまうからね」

この二日の探索で、ゴーレムの動きも把握した。彼らは一定の法則を持ってフロアを移動している。冒険者を見つけると襲いかかってきて、それ以外のときはフロア内を均等に散らばっている。おそらく、同フロアであれば、ある程度の情報共有が可能なのだろう。その動きに注意すれば、私たちの危険もかなり薄まる。

「二つ目、ゴーレムと遭遇しても無視して突き進み、地下二階への階段を目指すこと。三つ目は、地下二階でエスケープストーンを入手して脱出すること。ゴーレムの手に触れられてしまうと、残機数を失い退場処分となる。つまり、それ以外なら触れても問題ないということだから、これを利用して進めていければ、この難局を突破できる」

エンチャントゴーレムの動きは、緩慢だ。あの動きなら、ステータス１５０の力でも対応できる。でも、一体一体が緩慢であっても、数が揃えば厄介な存在となる。こちらは彼らの手に触れただけで、残機が一機消滅してしまうのだから。

「うん、頑張ろうよ!!」

「ええ、残機数を減らすことなく、ここを脱出しましょう」

さあ、冒険開始だ!!

私たちがセーフティーエリアを出ると、周囲は静けさだけが漂っていた。このダンジョンの天井や横幅は、図体の大きいゴーレムが動けるようにしてあるため高いし広い。私たちとしてはストレスを感じることなく、探索することができる。

「静かだね。あの大群は、どこにいるのかな？」

「嫌な静けさだな。とりあえず、右へ進もう。道幅が広くなるから、回避する僕たちにとって有利になる」

私たちは右へと進む。どういうわけか、ゴーレムと全く遭遇しない。一体、どこに潜んでいるのかな？　私たちが十字路に差しかかったとき、あの音が聞こえてきた。

――ドドドド!!

「アッシュさん、リリヤさん、三方向から足音が聞こえてくるのですが？」

「うん、確かに聞こえる」

「ねえ、こっちからは聞こえないよ。ここにいたら危ないから、早く逃げようよ」

それにしても、なぜ四方向ではなく三方向から聞こえてくるの？　私たちを倒したいのなら、数を利用して四方向から攻めればいいのに。どうにも、嫌な予感がする。

「シャーロット、君の気持ちもわかるけど進むしかない。まずい、来たぞ!!　二人とも、走れ～～～～～～～」

アッシュさんも察しているようだ。でも、後方から数えきれないゴーレムが迫ってくる以上、逃げるしかない。私たちは、全速力で走る、走る、走る!!

「ねえ、あそこ!!　壁に文字が刻まれているよ!!　読んでみるね」

私は走りながら、リリヤさんの言葉で左側の側壁を見る。

「え～と、『アッシュが……最後に……おねしょしたのは……十一歳のときである……○か×か？』」

「「はあ!?」」

何よ、この問題!? ふざけているの？ あ!!

「お二人とも、前方が行き止まりです。ただ、赤い○と青い×の描かれた壁があります。きっと、あれに飛び込むしか、逃げ道はありませんよ!! きっと、突き破れる壁のはずです!!」

この問題、本気で私たちに問いかけているんだ。正解の壁に飛び込まないと、確実に残機数を減らしてしまう。

「行き止まりの壁と、色の変化している壁の比率がおかしいだろ!! なんで、あんなに狭いんだよ!!」

アッシュさんからのツッコミが入ったか。色の変化した壁、高さも幅もともに七十センチほどしかない。あれじゃあ、しゃがんで飛び込むしかないよ。

「でも、人を舐(な)めた内容だけど、問題自体は簡単だよ？ アッシュがお漏らしするわけないもん。×に行こうよ!!」

とにかく、今は正解の×に突き進むのみだ!!

あれ？ アッシュさんだけが深く考え込んでいる。

「くそ～～～正解を言えばいいんだろ!! リリヤ、シャーロット、正解は○だ!! 訳は後で話すから、○に突っ込むんだ!!」

「「え～～～～!!」」

嘘、去年お漏らししたの!?

もう壁は目の前だ。

行くしかない!!

9話　『人族叩き機』の恐怖

アッシュさんが先導して、私たちは○の壁をヘッドスライディングするかのように突き破る。やはり、壁自体は柔らかく、簡単に破ることができた。すぐに後方を確認すると、ゴーレムの大群が目の前に開いた穴から私たちを見ている。どうやら、この部屋には入ってこられないようだ。ホッと一息ついてから立ち上がろうとすると——

「「痛!?」」

「痛い!!」

う～頭が何かにぶつかったよ。上に、何かあるのかな？　改めて周囲を確認すると、天井が異様に低く、なぜか十五個の丸い穴が開いていた。そこから光が照らしているため、私たちのいる空間も比較的明るい。

「あ!?　くそ、僕の心を弄びやがって!!」

アッシュさんの声に、私もリリヤさんも振り向くと、なんと×の壁が○の壁と同じこの部屋へと繋がっていたのだ。つまり、どちらに突っ込んでも同じ結果が待っていたということ。しかも、壁向こうにいるゴーレムたちがアッシュさんを指差し、声こそ出していないけど爆笑する動作をとっている。明らかに、彼を馬鹿にしている。怒るのも無理ないよ。

それにしても、土精霊様が人の心を弄ぶような問題を作成するだろうか？　どうも、なんらかの悪意を感じる。それこそ、何者かに遊ばれて……まさか……ユアラが介入している？　あの子なら、こういった遊びを実行してもおかしくない。ここを脱出したら、周囲にいる精霊様に尋ねてみよう。

「あの、アッシュ……その……去年おねしょしたの？」

うわあ～リリヤさん、聞きにくい質問をズバッと聞くな～。

「いや……うん……した。言い訳になるけど、その日バイト代が入ったから、果物類や飲み物類を奮発して買った後、夕食後に孤児院の子供たちと食べて飲んで一緒に寝たんだ。夜トイレに行こうとしたら、子供たちが僕の手足にしがみついていて引き剥がせそうになかったから我慢したんだよ。そうしたら……」

まあ……それなら仕方ないよね。でも、その状態でやったら、子供たちは？

「翌朝、僕や子供たちのズボンや服もズブ濡れ状態でね。ただそれは、僕にくっついていた子供たちのせいになったんだ。僕も恥ずかしくて……言うに言えなくて……ね」

うわあ～それは確かに言えないわ。同じ立場だったら、私も言えないよ。

「アッシュ……その……ごめん」

リリヤさん、その言葉はアッシュさんを余計に傷つけますよ。

「そ……そんなことよりも、今の状態を把握しましょう!!」

こうなったら、無理矢理話題を転換してやる。

「そ……そうだね。あの丸い穴が気になるから、覗いてみる」

リリヤさんも気を遣ってか私の話に乗り、首から上を丸い穴から出して様子を窺う。あの穴のサイズ、私の肩幅よりも狭い。あれじゃあ、頭は出せても、あそこから抜け出すのは不可能かな。

「うわあ～～広いよ。アッシュもシャーロットも見てみなよ～～～」

リリヤさんの声に釣られ、私たちも首から上をピョコッと出してみる。

「本当に広い。なんとか抜け出せないかな？」

「おお、広いですね」

あれ？　穴は全部で十五個、後方には何やら掲示板のような長方形の板があり、私たちの名前が刻まれている。その横に小さな星マークが各自二十個もついている。星マーク自体が、どこか暗い。あれが点灯したら綺麗だと思うけど？

——ズズズズズズズズ。

え、この音は何？

「「「あ⁉」」」

私たちの真正面から、一体の巨大ゴーレムがせり上がってきた‼　右手には、大きなハンマーを持っている。今から、何が始まるの？

『やっほ～～～聞こえるかな～～』

まさか、この女性の声は⁉

「「「ユアラ‼」」」

『ピンポ〜ン、正解で〜す。今からゲームを始めま〜す。名づけて、「人族叩き」』

人族叩き？　あ、そうか、思い出した!!　この構造は、日本のモグラ叩きにそっくりなんだ!!

「ユ……」

『先に言っておくと、これは録音で〜す。回線も既に遮断済だから、ガーランドも追跡不可能よ』

既に、先手を打たれている!!

『もっと遊びたいのだけど、システム強化されちゃってて、遠隔操作だと、この遊びで限界かな。ちなみに、あなたたちを転移させたのは私じゃないわよ。私は、その転移を利用しただけ』

ユアラの言葉には、嘘と真実が入り混じっているから、どこまで信用していいのかわからない。ここを脱出してから、私たちを転移させた人物についてアイリーンさんに尋ねてみよう。

『それじゃあ気を取り直して、ゲームの説明を始めるわね。個人が丸穴から首までを完全に出し、ゴーレムの攻撃を二十回回避すること。ただし、同じ穴を連続で使用してはいけない。部屋の中に戻ったら、五秒以内に別の穴から首までを必ず出すこと。それを守らないと、後方の掲示板にある星マークが点灯しない仕組みよ。どう、単純でしょ？』

完全に、モグラ叩きと一緒だ。一見、頭から首までを全部出してすぐに穴に戻せば、二十回くらい簡単だと思うだろう。けど、ユアラのことだから、ゴーレムの察知速度と反射速度をかなり上げているはずだ。

『ハンマーで叩かれた人は残機数を一機減らして強制退場。ルールを守れなかった人がいたら、連帯責任で穴の中全てが串刺しとなり、痛みを共有したまま強制退場。クリアした人は地下四階へ進めるわ。十秒後にゲームを開始しま～～～す』

あいつめ、私たちを利用して完全に遊んでいる。

「アッシュさん、リリヤさん、すみません。私のせいで、ユアラに目をつけられてしまいました」

「シャーロット、気にするな。僕も、あいつのことが気に入らないんだ。今は、このゲームとやらを切り抜けることに集中しよう。僕たち三人は互いの邪魔にならないよう気をつけないとね」

「わかりました」

「アッシュ、シャーロット、ユアラの考えたゲームというのをぶっ壊そうよ!!」

『ゲーム開始!!』

その声と同時に、私たちは頭を引っ込める。そして、互いに頷いてから三人同時に頭を出す。巨大ゴーレムを見ると――

「な、もう振り下ろそうとしているのか!!　リリヤ、頭を下げるんだ!!」

「え!?　ひゃあ!?」

――ドーーーーーン！

危ない、間一髪だった。ゴーレムの『振り下ろす』動作が速い。さっきまで追いかけてきたやつらと、レベルが全然違う。

「あ!?」

ゆっくりと振りかぶったと思ったら、的を私に絞って振り下ろしてきた!!

――ドーーーーーーン！

くっ、このゲーム、難易度が思った以上に高い。五秒以内に別の穴から頭を出さないといけないから、すぐに移動しないと!!

ただ、振り下ろしの速度は驚異的だけど、そこから振り上げるまでの速度は遅い。これなら……いける!!

ドーン……ドーン……ドーン!

「リリヤ、シャーロット、我慢だ。これなら勝てる。集中を切らさず、一気に駆け抜けるぞ!!」

「「はい!!」」

二人とも、ゴーレムの弱点に気づいたようだ。私たち三人が素早く動き、穴から首までを出したらすぐに引っ込め、別の穴へと移動する。これを連続で実行していく!!

ドーン……ドーン……ドーン!

ドン……ドン……ドン……ドン……ドン……ドン!

ドン……ドン……ドン……ドン……ドン……ドン……ドン……ドン!

あのゴーレム、回数を重ねるごとに、一連の動作速度がどんどん増している!! あの馬鹿でかいハンマーを振り上げてから振り下ろすまでの連続動作に疲れないの? まずい、私は、まだ十回くらいしか達成していない。二人も同じくらいだろう。狭い中を止まらずに動き回るから、余計に体力を使う。このままじゃあ、こっちが参っちゃうよ。

「ハアハアハアハアハアハア……あ」

ドン!

「まだ……続くの？　これ……キツイよ……キャ!?」

ドン！

「くそ……このままじゃあ、僕たちは……」

ドン！

まずい。私もリリヤさんもアッシュさんも、集中力が切れはじめている。

「あ……痛!?」

「リリヤ、早く頭を穴から出すんだ。五秒経過するぞ」

リリヤさんが、頭を出す前に躓いた!!

「リリヤさん、早く!!」

「う……うん……あ」

私たちはほぼ同時に別々の穴から顔を出したのだけど、ゴーレムが先を読んでいたのか、既にリリヤさん目がけてハンマーを振り下ろしていた。

「リリヤ～～～!!」

「リリヤさん!!」

ゴーレムのハンマーがリリヤさんの顔を直撃し、彼女の顔が歪んだと思った瞬間、そこには誰もいなくなっていた。え……リリヤさんが死んだ？

「リリ……ヤ……さん？」

「シャーロット～～避けろ～～～～～」

「え？」

しばらく惚けていたせいで、アッシュさんの声に遅れて反応したのだけど、気づけばあの巨大ハンマーが目前に迫っていた。あ、間に合わない。……死ぬ。

私の意識は、そこで途絶えた。

10話　敗北と怒り

私たちはカッシーナに向けて、トボトボと歩いている。ユアラの用意したゲームに敗北したことで、貴重な残機数を減らし、心の中は『敗北感』と『死の恐怖』で満たされている。リリヤさんは自分のミスで全滅したことを悔やみ、私はリリヤさんの敗北する瞬間、アッシュさんは私たちの敗北する瞬間を見たことで、何も話す気になれない。道中、風精霊様が私たちのもとへ駆けつけて、事情を話してくれた。

どうやら、ユアラは土精霊様の管理するナルカトナ遺跡を一時的に乗っ取ったようだ。ただ、時間にして五分ほどであったらしく、土精霊様が気づいて場所を特定しようと動いた頃には、一つのバグを残し痕跡を消してしまっていた。精霊様たちはそのバグに踊らされ、結局何の手がかりも得られなかったようだ。

「あ〜もう腹が立ってきた!!」

リリヤさんが、突然叫び出す。どうしたのかな？

「ユアラも腹立つけど、私たちを転移させたやつにも腹が立つよ!!」

「リリヤ、僕たちを転移させたのも、きっとユアラだよ」

私もそう思うけど？　というか、全てユアラの仕業だと思い込み、風精霊様に質問していなかった。でも、リリヤさんの意見は違っていた。

「多分、違う!!　彼女が犯人なら、私たちがヒダタカにいる時点で転移させた方が、絶対面白いと思うもの。彼女の裏には『強大な何か』が潜んでいるんでしょ？　それくらいできるはず!!」

「……そうですね。彼女の裏には、間違いなく『何か』が潜んでいます。私も彼女と少し話しただけですけど、あの人の性格を考慮すれば、『遊び』があれだけとは考えにくいです」

とはいえ、ユアラはあれから何もしてこない。ヒダタカではあれだけ盛大に遊んだのだから、少し拍子抜けだ。

「あのときに彼女が話した内容が事実だからこそ、何もしてこないんだよ。多分、ユアラは私たちをどこか遠くから監視していて、地下三階にいる『誰か』を利用したんじゃないかな？」

リリヤさんの仮説、当たっているかもしれない。あれ以上遊びを続けると、自分の居場所が気づかれると踏んだからこそ、何もしてこないんだ。そうなると、『誰』が私たちを転移させたのだろうか？

「リリヤの言う通りかもしれない。だとしたら、僕の心の中は『怒り』でいっぱいだよ。せめて、誰が僕たちを陥れたのかを知りたい」

「私も怒っています。相手が誰だろうと、許せそうにないです。冒険者ギルトに行きましょう。二日経過しているのですから、アイリーンさんが何か掴んでいるかもしれません」

「ああ、行こう!!」

「うん!!」

誰が私たちを陥れたのか、絶対に突き止めてやる!! ただ、何者であろうとも、私たちからは何もできない。カッシーナの治安を守る騎士たちに委ねるしかない。せめて、法による裁きを受けてもらおう。

私たちは心に怒りの火を灯したまま、カッシーナに辿り着いた。冒険者ギルドに到着するまでの間、入口にいる警備の人や露店の店員さん、行き交う人々に声をかけられた。私たちが生還したことに歓喜しており、一部の人は涙まで流してくれた。どうも、多くの人々に心配をかけてしまったようだ。周囲の人から話を聞いた限り、私たちに何が起きたのかを大凡把握しているようだけど、アッシュさんが転移させた犯人について聞き出そうとしても、みんなが言葉を濁していた。『犯人を知っているけれども、公の場では言えない』といった具合だ。これは何かあると踏み、私たちは急ぎ冒険者ギルドへと向かう。

「シャーロット、アッシュ、リリヤ、よかった、生きていたのね!!」

ギルドに到着早々、アイリーンさんが受付を放り出して、私たちのもとへ走ってきた。

「ご心配をおかけして申し訳ありません。みなさん、私たちに何が起きたのか知っているのですが、どうしてなのかご存知ですか?」

私の質問に対し、アイリーンさんや周囲にいる人たちも雰囲気を一変させる。

「ああ、そのことね。実は……」

アイリーンさんの話によると、二日前、二人の男女が冒険者ギルドに駆け込んできた。彼らが、自分たちに起きた不愉快な出来事を周辺にいる人々に話すと、その話題はすぐにカッシーナ中に広まった。そして、私たちはその全容を知ったことで、怒りがピークに達してしまう。

「ゼガルディー・ボストフ!! 絶対に許さないぞ!!」

「どうして私たちを選ぶのよ!! 意味がわからないわ!!」

「腸が煮えくり返りそうです。穏便に助かる手段が用意されているのに、あえて私たちを選ぶなんて。アイリーンさん、あの性悪貴族を法で罰せられないのですか？」

アッシュさん、リリヤさん、私、それぞれの心の鬱憤が口に出てしまう。多分、特殊アイテム『位置之御玉』はユアラによって用意されたものだ。彼女も間接的に私たちを転移させた形になるのだろうけど、直接的判断はゼガルディーに委ねられていた。情報がきちんと与えられているにもかかわらず、自分本意に考えて私たちを選ぶのだから最悪だよ。

「あなたたちの気持ちもわかるわ。でも、相手は領主ボストフ伯爵の息子ゼガルディー・ボストフ。貴族の力でねじ伏せられる。実際、私はその話を聞いてすぐに、『ギルド補佐』という立場を利用して、彼の住まいに突撃したのよ。そうしたら――」

アイリーンさんも、思いきったことをする。ゼガルディーに何を言われたのだろう？

「『聖女シャーロット？　あくまで、アストレカ大陸の聖女だろう？　バードピア王国にいる聖女ならともかく、人間族の女を敬う必要などない』ですって。はっきり言ってぶん殴ってやろうかと思ったけど、とりあえず正論でこう反論したのよ」

私がその場にいたら、間違いなく殴っていたと思う。

「『シャーロットは、クロイス女王様に認められています。ネーベリック討伐や前王エルギス様の大罪を暴き、ジストニス王国を平和に導いた聖女なのですよ？　クロイス様がこの件を知ったら、あなたもただではすみませんよ？』と言ったら、彼は『俺は悪くないよ。たまたま、彼女たちが遺跡に入ってきたのだ。セーフティーエリアにいた俺たちも心労で、正常な判断を下せなかった。彼女たちには申し訳ないが、運が悪かっただけだ。あそこがナルカトナ遺跡でよかったな。残機数を減らすだけで、死ぬことはないのだから』ですって」

反省の色なしですか⁉　くう、なんとかして罰を与えたい〜〜〜。アッシュさんもリリヤさんも、怒りで顔が真っ赤だ。

「悔しいけど、そういった異常事態はダンジョンでは日常茶飯事。よほどの悪意がない限り、『緊急防衛措置』という法で許されてしまうのよ」

むうう〜〜、納得いかない‼　あいつをギャフンと言わせたい‼　貴族だからって、なんでも許されると思うなよ‼

「僕たちは、泣き寝入りするしかないということですか？」

「私は我慢できません。対処方法を持っていないまま転移させられたんですよ‼　貴重な残機数も失ったのに‼」

アッシュさんとリリヤさんの言葉に、周囲の冒険者たちも憤っている。みんな、私たちの味方なんだね。

「リリヤ、落ち着いて。平民が貴族に逆らったら、最悪処刑されるわ。ボストフ伯爵があと一週間ほどで戻ってくるから、それまで待ちましょう。領主様はあの馬鹿と違って、きちんと平民の話を聞いてくれる優しいお方なの」

う～ん、アイリーンさんの言うこともわかるけど、ハッキリ言って待てない。仮に待ったとしても、与えられる罰って謹慎くらいだよね？『平民だから貴族に楯突いてはいけない』……待てよ？伯爵貴族より上の身分の誰かに許可を貰えれば、平民でも合法的にお仕置きできるのではなかろうか？

「アイリーンさん、伯爵貴族よりも上の方の許可を貰えれば、私たち自身で罰を与えることは可能ですか？」

「え!? 急に何を言っているの、シャーロット!!」

本当なら問答無用で、罰を与えたい。でも、そんな勝手なことをしたら、クロイス女王に迷惑をかけてしまう。彼女は女王になったばかり、私のせいで反乱分子を増やすという愚かなことはしたくない。

「一番重要なことなんです!! 可能ですか？」

私の問いかけにみんなも驚いているようで、全員の視線がアイリーンさんに集まる。

「王族のクロイス女王様の力を借りれば可能だと思うけど……まさか……あなた……」

ふふふ、クロイス女王様の力を借りれば、貴族相手でも罰を執行できるのね。クロイス女王様は言ったよね。『トラブルに巻き込まれたら、私の力を利用しなさい』と。早速、利用させてもらおう。待ってなさいよゼガルディー、必ず引導を渡してやる!! 私たちを陥れた恨み、その身に味わわせてやる!!

11話　お仕置きのための下準備

通常、貴族が平民に対して罪を犯しても、力でねじ伏せられ、平民は泣き寝入りとなってしまう。しかし、悪さを働いた貴族よりも上位の存在がその罪を認め、『お仕置き許可』さえ貰えれば、平民が貴族に仕返ししてもいいのではないか？ ただ、平民一人がその貴族に反発しているだけなら、絶対に上位の存在――クロイス女王といえど、協力してくれないだろう。

「アイリーンさん、ゼガルディーに反発する平民はどの程度いますか？」

私の問いかけに対し、アッシュさんやリリヤさんだけでなく、周囲の冒険者たちも、『この子は本当にかけ合うつもりだ』と目を見開いている。

「本気……なのね。ゼガルディーに反発する者……成人になった者に限定すれば、ボストフ伯爵領の領都カッシーナのほぼ全ての人々が彼を嫌っているわ」

そこまで嫌われている人も、逆に珍しいよね。まあ、私としてはクロイス女王に説明しやすいからいいけどね。あとは、アストレカ大陸にある『大型通信機』のような魔導具があればいいのだけど。

「わかりました。ここから、クロイス女王様とお話しできるような魔導具はありますか？」

「大型通信機のことね」

アストレカと同じ安易な名前なのね。

「それなら、全てのギルドに設置されているわ。シャーロット、仮に許可を貰えたとして、彼を懲らしめる方法は考えているの？」

アイリーンさんの話を聞いた限り、ゼガルディーという人物は、性根の腐った貴族であることに間違いない。正攻法で挑むよりも、短時間で彼の性格を変化させるほどの強烈なお仕置きを与えた方が、みんなもスッキリするだろう。

「それは、後で考えます。クロイス女王様に許可を得てからでないと、先に進めませんからね」

「それもそうね。それじゃあ、今から案内するわ」

私、アッシュさん、リリヤさんが、アイリーンさんの後をついていく。『大型通信機』の設置されている部屋に入ると、魔導具自体が壁に取りつけられていた。アストレカ大陸のものは日本の公衆電話に近い形だけど、こちらのものは少し小さく丸みを帯びている。私としては、こちらの方が好みかな。

「使い方は簡単よ。クロイス女王様を強くイメージすれば、王の仕事部屋に設置されている魔導具に繋がるはずよ」

「わかりました。やってみます」

受話器を取ってクロイス女王をイメージすると……

「はい、クロイス・ジストニスです」

おお、この声は、紛れもなくクロイス女王本人だ。

「クロイス様、お久しぶりです。シャーロット・エルバランです」

内心、驚きでいっぱいだよ。エルディア王国のものは、地球の簡易無線機のようなやや聞き取りづらい感じがあったけど、こちらのものは電話機と同じくらい聞き取りやすい!!

「え!? この通信先はカッシーナの冒険者ギルドですから……無事に到着できたんですね!!」

相手には、通信先の正確な場所もわかるの!?

「は……はい。アッシュさんもリリヤさんも無事です」

「よかった〜。魔物大発生のことは精霊様から聞いています。ただ、『シャーロットたちが周囲の冒険者と協力することで鎮圧に成功したよ。被害は軽微だから安心して』という簡単なものだったので心配していたのです」

そうか!! 現時点では、隠れ里『ヒダタカ』や霊樹様の存在をクロイス様に伝えてはいけないと言われているし、『ユアラ』の存在も同じく公表できない。下手に言ってしまうと、ユアラが何をするかわからないからね。おそらく、カッシーナ側も精霊様の内容に合わせて伝えているはず。私も、話を合わせよう。

「ご心配をおかけして申し訳ありません。魔物大発生のボス、ドールマクスウェル一体には少々手こずり……」

「ドールマクスウェル!! ドール族の最高峰、最上級魔法を扱える強者じゃないですか!? 山自体が崩壊した形跡もありませんし、どうやって退治したのですか?」

あの子たち、結構有名な魔物だったのね。

「それに関しては問題ありません。最上級魔法は、私が吸収しました。そして、あの子の抱える悩みを全て聞き出して解消したことで、従魔契約にも成功しています」

本当は一体ではなく十一体なんだけど、伏せておこう。すぐ傍にアイリーンさんもいるから、下手なことを言えない。

「デッドスクリームに続いて、マクスウェルも従魔にするとは……さすがですね。シャーロット、我が国を救っていただきありがとうございます。これでネーベリックに続き二度目ですね。何か困ったことが起きたら言ってください。よほどのことでない限り、あなたに協力しますよ」

ふふふ、言質を取りましたからね。早速、困ったことを言いましょう。

「その困ったことが、早速起きています。実は……」

私はナルカトナ遺跡で起きた出来事を、洗いざらいクロイス女王に話した。ただし、ユアラのことだけは伏せている。全てを話し終えると、温厚なクロイス様ですら怒りを覚えたようだ。

「『ゼガルディー・ボストフ』という貴族は、最低ですね。心労が重なったとはいえ、遺跡にいる冒険者の中でも、最年少であろうシャーロットたちを交換対象に選択するなんて……同じ魔鬼族として、非常に腹立たしいです」

私たちに同情してくれているのなら、意外とすんなり許可を貰えるかもしれない。

「ゼガルディーは、カッシーナにいるほぼ全ての人々に嫌われています。私としては、みんなで彼の性根を叩き直すお仕置きを実行したいと考えているんです。ただ、平民が一丸となって、無許可で盛大なお仕置きを実行なんかしたら、ゼガルディーの父ボストフ伯爵によって、執行者全員が最悪『領都追放』になる可能性も考えられます」

ボストフ伯爵は息子に甘いと聞いている。いくら優秀な領主といえど、自分の息子が平民たちにお仕置きされたらキレると思う。

「なるほど、それで私を頼り、通信してきたわけですね。ただ、あなたの気持ちもわかりますが、私の一存では決められません。本日の会議で、議題として提案しておきましょう。ボストフ伯爵やゼガルディーを詳しく知る人物が、メンバーにいると思います。彼の評価が想像以上に低ければ、すぐにでも許可が下ります。とりあえず、一日待ってください」

よし!! ゼガルディーの件を知れば、みんなも理解してくれるはず。

「わかりました。私の方は、彼を懲らしめるお仕置きを考えておきます」

「お仕置きするにしても、やりすぎは禁物ですよ。決まったら、必ず内容を教えてくださいね」

「もちろんです。私のせいで、反乱分子を生み出したくありませんから」

くくくく、ゼガルディー、もうすぐ貴様をお仕置きできる。私たちを嵌めた恨み、必ず晴らしてやる!!

○○○

クロイス女王との通信を終えた後、私たちは一度ゆりかごに戻り、クレアさんたちを安心させた。ユーリアさんは大泣きして、私に抱きついてきたよ。

私たちに何が起きたのかを全て話すと、三人全員が激怒してくれた。アッシュさんがみんなの心を落ち着かせてから、ゼガルディーへのお仕置き内容をこれから冒険者ギルドにいる人たちと相談することを話すと、ユーリアさんたちも行きたそうにしていた。でも、現在ゆりかごは満室状態となっており、かなり忙しいようだ。どうやらケアザさんとハルザスさんの口コミが広まり、すぐに部屋が満室となり、みんなが昼夜問わず揃って、コロッケと唐揚げを食しているらしい。

その話を聞き、私の心は癒された。『揚げ料理』が、カッシーナでも受け入れられたのだから。『ゆりかご復活』の役に立ててよかった。

軽食をいただいた後、私たちはクレアさんらと別れ、再度冒険者ギルドに赴いた。みんなは盛大に出迎えてくれたが、『平民たちだけでゼガルディーをどうやってお仕置きするのか？』という議題には大いに困っていた。平民一丸となって彼の性根を叩き直すお仕置き、さすがにすぐには思いつかない。私は前世と今世の経験を踏まえて、何かないか考えに考え抜いた末、ある一つの方法に行きついた。それをみんなに話すと……

「いい、それいいわ、シャーロット!!」

「ああ、いいぜ!!　そんな方法、全く思いつかなかったぜ!!」

絶賛するアイリーンさんとケアザさん。

「問題は、メイクだね。男性陣は化粧なんかしないから、頼りは女性陣だけだ」

ハルザスさんの言葉に、男性陣が頷く。私もメイクしようと思えばできるけど、七歳児が化粧を完璧にこなしてしまうと、ある意味引かれると思う。

「私が幻惑魔法『幻夢』で男性陣の誰かを変化させますから、それを基にメイクしてくれればやりやすいはずです。モデルは、ケアザさんとアッシュさんが最適かと」

「俺!?」

「僕!?」

だって、ケアザさんは人相がやや悪く、アレに変化させるとかなり怖くなると思う。逆に、アッシュさんは温厚顔のため、この顔を絶叫させるほどのアレに変化できれば、どんな人がアレに変化しても怖く見えるはずだ。

よし、お仕置き内容は決まった。

あとは、許可が下りるのを待つだけだ!!

12話　お仕置き執行の時間です

私たちが、どういった手順でゼガルディーを懲らしめようかと相談していると、クロイス女王自らが冒険者ギルドの大型通信機へ連絡を入れてくれた。どうやらこの魔導具には着信履歴が残るようになっているらしい。先程の電話から四時間ほどしか経過していないのに、もう会議が終了したのだろうか？　アイリーンさんから受話器を受け取り、私は早速聞いてみた。

「クロイス様、早いですね。まさか、もう許可の可否が決まったのですか？」

「その、まさかです。私がシャーロットたちへの仕打ちをみんなに話すと、全員が憤り、『ゼガルディーの貴族籍を剥奪すべし!!』と訴えてくれました」

擁護する貴族が誰もいないとは、どれだけ人望がないのよ。

「しかも、彼の評判はお茶会や社交界でもすこぶる悪く、貴族の中には彼に苦汁を飲まされた者も多いそうです。みんな、お仕置きすること自体には賛成してくれたのですが、問題は内容です。何か、いい案を思いつきましたか？」

私はクロイス女王に、『お仕置き案』を具体的に話していく。政治の中枢にいる貴族たちが認めてくれた以上、彼の貴族籍を剥奪するのは容易だろう。しかし、平民の抱え込んだ鬱憤は、それだけで収まるものではない。彼の性根を叩き直すほどの衝撃的なものを与えなくてはいけない。

「シャーロット、あなた……恐ろしいことを考えますね。実物を見ていないのでなんとも言えませんが、『平民を怒らせると怖いぞ』ということだけは伝わりました。ただ、ゼガルディーも伯爵令息ですから護衛もついていますし、邸内には警備もいるでしょう？」

ふふふ、ゼガルディーの人望のなさを甘く見てはいけない。

「その点も大丈夫です。ギルド補佐アイリーンさんの情報によりますと、護衛や警備の者はボストフ伯爵に対しては絶対の忠誠を誓っていますが、ゼガルディーに対してはそんな気持ちは微塵もないそうです」

「……」

クロイス様も、呆れて物も言えない状態みたいだね。

「護衛からも見放されているとは……あ……少し待ってください」

どうしたのだろう？　誰か、入ってきたのかな？

『ほお～聖女シャーロットはそんな大それたことを考えますか!!　いいですな、ボストフ伯爵には、私から言っておきましょう。彼もクロイス様を見て、自分の息子への甘さを捨てなければと痛感していたところなのですよ。なあに、私が説得しますよ』

誰だろう？　大きな声だから、内容が私にも聞こえてくる。

「シャーロット、聞こえていましたか？」

「はい、バッチリ聞こえています。今の方はどなたですか？」

ゼガルディーの父、ボストフ伯爵のことを知っているようだけど？

「彼はハルセム侯爵と言いまして、ボストフ伯爵と同級生で旧知の仲だそうです。伯爵の居所を知っているようなので、説得に関しては彼にお願いしています」

さっきの内容を聞いた限りでは、一番の適任者だよね。

「わかりました。私の方は、お仕置きの手順がまだ決まっていませんし、準備期間もありますので、執行日はおそらく三～四日後といったところですね」

多分、それくらいになるだろう。

「私や他の方々も、お仕置き執行日を楽しみにしています。できれば、それをここから拝見したいものですが、そんな魔導具はありませんからね。シャーロットの結果報告を楽しみにしています」

テレビ中継のような魔導具があったら可能だけど、さすがに無理だよ。

国の最高位となる王族から許可を貰えたことで、お仕置きの土台は整った。お仕置きの仕上げには、市松人形のドールマクスウェル、雛人形男雛女雛のドールＸＸ二体にも協力してもらうことが決定している。あとは、そこに至るまでの流れをみんなと綿密に計画して、より理想的なお仕置きを執行するだけだ。

○○○

四日後——お仕置き執行日。

聖女シャーロットと言ったか？　彼女の情報に関しては新聞で得ているし、あのアイリーンとかいう女からも聞いている。齢七にして、王族から絶大な信頼を受けているようだな。あのときは強がりでああ言ったものの、王族が動き出せば、俺——ゼガルディーとて危ない。少し焦りを感じたが、この手紙の内容を読んだ限り、どうやら杞憂に終わりそうだ。

『親愛なるゼガルディー・ボストフ様

ダンジョン内に強制転移されたことで、稀有な経験を積みました。つきましてはそのお礼も兼ねて、今後カッシーナ名物となりうる料理をゼガルディー様に振る舞いたいと思っております。料理名は唐揚げとコロッケ、二品とも私が開発したものです。事前に、数人の平民で味見もしております。調理器具の関係でそちらの邸で調理することはできません。大変申し訳ありませんが、本日の午後七時に護衛の方々とともに宿屋「ゆりかご」へ来ていただけないでしょうか？

シャーロット・エルバラン』

ちっ、人間族風情がこの俺を平民の経営する宿屋へ呼びつけるとは、それだけで不敬に値する。とはいえ、相手が聖女である以上、こちらとしても迂闊なことは言えんから、護衛とともにゆりかごを目指しているわけだが、今日に限っていつものやつらと違うようだ。護衛の名は、ケアザとハルザスと言ったな。

「おい人相の悪い方、名は……ケアザだったか？　宿屋『ゆりかご』はまだなのか？」

邸から馬車を走らせること五分ほど、馬を駐馬場に停め、徒歩で十分歩いているが、まだ到着しないのか？

「てめ……ぐ……いえ、あちらが宿屋『ゆりかご』で……ございます」

たどたどしい敬語だが、まあいい。ここがゆりかご……ごく平凡な宿だな。こういった場所で調理された料理が、本当に美味いのか？　俺を唸らせるほどのものでなかったら、こんな宿など潰してくれる!!

「お前ら光栄に思えよ。このゼガルディーがお前たちを護衛に選んだからこそ、聖女と呼ばれる少女の料理を堪能できるのだからな」

「このや……ぐ……いえ……誠に光栄でございます」

ケアザは、さっきから何がしたいのだ？　顔色がコロコロ変わるおかしな男だ。

「ケアザは先日彼女に振られたばかりで、少し気が立っているのです。ゼガルディー様への対応も不誠実な部分が混じっていると思いますが、ご容赦ください（半分真実）」

「おい、ハルザス、ここでバラすな‼」

はっ、彼女に振られたのか⁉

「ふ……それは災難だな。まあ、お前はそこそこ顔もいいんだ。これから、新しい女を作れ。なんなら紹介してやるぞ？」

ケアザはともかく、このハルザスという男は、どうにも好きになれんな。こいつの全てを見透かすような目が気に入らん。

「あ……ありがとう……ございます。俺……私の心の傷が完治したら、そのときはお願いいたします。さあ、中へ入りましょう」

コロッケと唐揚げか……どういった料理なのか、楽しませてもらおうか。

「「「いらっしゃいませ、ゼガルディー様。宿屋『ゆりかご』へようこそ」」」

ゆりかごの中へ入ると、三人の女が私を出迎えた。十七歳、十歳、七歳といったところか？

「ゼガルディー様、私がシャーロット・エルバランと申します」

新聞で見た女と同一人物、この子供が聖女か。可愛い顔立ちをしているが、それ以外別段おかしな雰囲気は感じないな。普通の平民服を着ているし、俺から見ればただの庶民だ。

「ゼガルディー・ボストフだ」

こんな子供が、本当にコロッケと唐揚げという料理を開発したのか？

「この度はご足労いただき、誠に申し訳ありません。貴族様に対し大変失礼な行為だと存じておりますが、その分あなた様にご満足いただけるほどの料理を振る舞いましょう」

ほう、七歳のわりにはなかなかの立ち振る舞いじゃないか。俺を見ても緊張せず、言葉も流暢だ。なにより、この子の目は俺を馬鹿にしていない。この者なら、信頼できそうだ。

「ダンジョンでは申し訳ないことをしたな。我々も心労の影響で、余裕がなかった。今日の料理、楽しみにしている」

「はい、お任せを!!　真心込めて作らせていただきます」

このなんの悪意もない笑顔……久しぶりに見た気がするな。子供の頃、みんなが俺に向ける笑顔はこのように屈託のないものだった。だが、今はどうだ？　子供も大人も俺に対して、何かしら言いたいことがあるのにもかかわらず、無理に笑顔を作っている。

俺は伯爵令息だぞ？　敬うべき存在だろ？

シャーロットは、今まで見てきたどの女とも違う。

これは……楽しめそうだな。

13話　魔物大発生の残り香

　正直、俺は平民の調理する料理を甘く見ていた。この俺が、コロッケと唐揚げを平民と同じように貪り食べるとは……心に刻み込まれるほどの深い味わいだった。エールやビールとの相性もいいせいか、少々飲みすぎたか？　配膳してくれるシャーロットの顔を見ると、ざわついていた心が妙に落ち着く。こんな気分は、久方ぶりだ。考えれば、俺はこの子たちを相当酷い目に遭わせている。にもかかわらず、その経験を前向きに捉え、俺にこんな素晴らしいご馳走を振る舞ってくれるのだから、シャーロット・エルバランが聖女と呼ばれるのも頷ける。

「ゼガルディー様、私のご用意した料理はいかがでしたか？」

　この子と会話を続けていけば、自分の悩みを打ち明けかねないな。

「美味かった。普通の市場で買える食材だけで、ここまで美味いものを作り上げるとは……」

　それ以上の言葉が出てこない。それほど、衝撃的な味だった。

「楽しんでいただけたのなら、私やゆりかごの面々も嬉しく思います。ゆりかごの経営が上向きになれば、これらの料理をレシピ登録いたします。しばらくの間、お待ちください」

　いつもの俺なら、『今すぐにレシピを教えろ!!』と言うだろうが、この顔を見るとそんな言葉を思いつく自分の器の狭さに嫌な気分になる。

「レシピ登録されるのを楽しみにしている。ケアザ、ハルザス、帰るぞ!!　俺を護衛しろ」

いつまでもここにいると、俺が俺でなくなるかもしれない。名残惜しいが、邸に帰るとするか。

「ゼガルディー様、『魔物大発生』が鎮静化して、まだ日も浅いです。『残り香』にご注意ください」

「残り香？　そんな言葉は聞いたことがないが？」

聖女が真剣な面持ちで唐突に言うからには、何かあるな。

「アストレカ大陸では、有名な言葉でございます。魔物大発生が鎮静化しても、死んだ魔物たちの『負の残滓』というものが空気中に漂っており、気象条件が整ってしまうと、危機的事態が発生するかもしれません」

なんだと!?

「その気象条件というのは？　危機的事態とは、具体的にはなんだ？」

聖女は、俺のことを本気で心配している……のか？

「通常、『残滓』というものは大気中に拡散されるため、何も起きません。しかし、拡散された残滓が風の影響でごく稀に一ヶ所に集うことがあるのです。例えば、一つの街全体を覆ったりなどすると、人々はその残滓に惑わされ、一時的に自我を失い互いを攻撃し合います。この残滓というものには特有の臭いがあって、すぐにわかります」

稀有な現象だが、起こり得る話……か。臭いがあるからこそ、『残り香』と呼んでいるのも納得だな。そういえばここに来る途中、街の活気がいつもよりなかった気がするが？　この現象を危惧してのことか？

「注意事項としてもう一つ。人が残滓に惑わされた場合、その人自身が憎悪する相手への敵意が露わになります。対象が周辺にいない場合、周囲の人物を手当たり次第に攻撃します」

どちらにしても、人が攻撃的になることに変わりない。

「わかった。気に留めておく」

「ご配慮いただき、誠にありがとうございます。気をつけてお帰りください」

……宿屋ゆりかご、不思議な場所だった。

食前に出される『おしぼり』で顔や手を拭くと、なぜか聖女を見たときと同じく、心が落ち着く。そして、配膳された料理も絶品だった。この料理開発自体を俺の手柄にすれば……いややめておこう。相手は聖女だし、それに……彼女の傷つく顔を見たくない。俺の荒ぶる心を唯一癒してくれる場所、それが『ゆりかご』だ。

「まだ午後七時頃のはずだが、妙に暗いし静かだな？　なぜ、魔導具で明かりを灯さない？　おいケアザ、これも残り香の影響か？」

駐馬場まで、まだ距離があるか。

「……」

どうして、何も言わない？　俺を無視しているのか？　いや、何か違う……周囲の気配を窺っている？

「こりゃあ、ちょっとまずいな。ゼガルディー様、ちょっと緊迫した状況だから、ここからは素でいかせてもらうぜ。おい、ハルザス」

「ああ、想定していた時期よりも、かなり早く起こりそうだ。俺たち二人だけで護りきらねばな」

二人だけで納得するな!!

「おい、何が起きているんだ!!」

「馬鹿野郎、声が大きいんだよ!?」

こいつ、貴族である私に対して!?

「ケアザ、ゼガルディー様も抑えて。ちっ、どうやら見つかったようだ」

見つかった？　何に？

「あ……ああ……あの派手な服装……ゼ……ゼガルディー……ゼガルディー、ゼガルディー!!」

物陰から誰か出てきたが、誰だ？　薄暗いし、距離も遠いから誰か判別できない。

「ハルザス、あれってリリヤだろ？」

「ああ、リリヤも残滓に侵されていたのか。ゼガルディー様、彼女は聖女シャーロットの仲間です。たとえ残滓に侵されたとしても、強い心を持っていれば、人はあがらうこともできるのですが、元々内に強い憎しみを抱え込んだ者は囚われやすい。あなたの名前を連呼しているということは、ナルカトナ遺跡でやられた行為を相当恨んでいるのでしょう」

「シャーロットの仲間!?　だが、彼女は俺を恨んでなどいなかっただろ!?」

なぜ、ゆっくりフラフラと俺の方へ近づいてくる？

「おい、俺たちはアンタの犯した罪を知っている。たとえ、シャーロットが恨んでいなくても、その仲間たちはアンタを恨んでいたってことだ。あいつの顔をよく見ろ!!　恨みが強ければ強いほど、顔に影響が出るらしい」

ケアザもハルザスもナルカトナ遺跡の件を知っているのか!?　リリヤがフラフラと、私のもとへ近づいてくる。『顔を見ろ』と言っていたな。

「うわあああぁぁぁぁぁ〜〜〜〜〜〜」

なんだ、あの顔は!?　青白く、目や口周辺の肌が裂けて、中が見えているだと!!

「ま……まるで……ゾンビ……だ」

「ゼ……ゼガルディー、許……さない。シャーロッ……トが許しても……僕と……リリヤは……決して許さない!!　あ……ああ〜〜〜〜」

今度はなんだ？　リリヤとは違う方向から現れたのは男？　こいつも……ゾンビ化している。

「ゼガルディー様、この子はアッシュと言って、リリヤと同じくシャーロットの仲間です」

こいつも、俺を恨(うら)んでいるということか？

「お、お、おいハルザス、この子たちは元に戻るんだろうな？」

「シャーロットの話では、体内にある残滓(ざんし)を使い果たせば、自然と回復すると聞いています。懐(ふところ)に隠し持っている短剣で住民を殺さないでくださいよ」

他の住民はともかく、シャーロットの仲間を殺せるか!!

「他の住民も……ですよ？」

「わ……わかっている!!」

こいつは、俺の心を読めるのか？　俺たちが話している間にも、残滓(ざんし)に囚(とら)われた住民どもがわんさか溢れ出てきたぞ!? どいつもこいつも、酷いゾンビ顔へと変化している。それに、なぜ全員が俺の名前を連呼している?

「お……おい、俺がお前らに何かしたか? なぜ、俺の名を呼ぶ? 俺は、お前らなど知らん!! 殺されたくなかったら、とっとと失せろ!!」

「こいつは……反省など……微塵もしていない!! みんな……殺せ……ゼガルディーを殺せ～～～～～～!!」

「「「「殺せ殺せ殺せ殺せ」」」」

名の知らない男が喚いたことで、ゾンビたちから殺気が溢れ出てきただと!? 俺が何をしたというんだ?

『その人自身が憎悪する相手への敵意が露わになります』とシャーロットが言っていたが、まさか住民全員が俺を憎んでいるだと? そんな馬鹿な……俺がこいつらに何かしたか? いや、何かしたからこそ、ケアザやハルザスではなく、俺だけに憎悪を向けているのか? 俺は……多くの住民に憎まれていたのか?

「「「「ゼガルディー～～～～～～～～～死ね～～～～～～～～～～～」」」」

全員が俺に向けて、一斉に走り出してきた!! 数が多すぎる!! シャーロットに言われた手前、こいつらを殺すと唐揚げなども二度と食えなくなるかもしれない。

「う……うわあああ～～～～～～～～～～!!」

「おいゼガルディー、待ちやがれ!!」

「ゼガルディー様、一人で逃げてはいけません!!」

ケアザもハルザスもうるさいぞ。お前らは狙われていないからいいだろうが、こっちは人の大群に追われているんだ。駐馬場まで、もう少しだ。俺も、乗馬の経験はある。馬に乗って、邸に隠れるんだ。朝になれば、こいつらに潜む残滓も消えているはずだ。

「「「「ゼガルディー〜〜〜死ね〜〜〜〜〜」」」」

全員が同じタイミングで、俺を名指ししている。普通なら起こり得ない事象だ。なぜだ……なぜ……こんなことに。よし、馬が見えてきた!! 繋がれている鎖を外して、馬に俺の顔を見せ、指示を出して出発だ。

「おい馬ども、緊急事態が起きた。帰りは、俺が操縦してやる」

「ヒ、ヒヒン? ヒ、ブヒヒヒ!? ブッヒッヒ〜〜〜ン!!」(訳：え、呼んだ? お前はゼガルディー!? 俺たちの出番だ〜〜〜〜!!)

おい……嘘だろ? なぜ、こいつらもゾンビ化して、俺に敵意や殺意を向けている? 俺は馬にも嫌われているのか? 人はともかく、馬には何もしていないだろ?

一体、この街で何が起きているんだ? 全員が俺に対し強い憎しみを抱き、殺しにかかってきている。身体の震えが止まらない。逃げなければ、殺される。嫌だ、こんなところで死にたくない。

「うわ〜〜〜誰か助けてくれ〜〜〜〜〜」

俺は、命乞いしながら全力で逃げた。今は、貴族とかそんなものはどうでもいい。死にたくないから逃げる。どうして……どうしてこんなことに!!

14話　ゼガルディーの懺悔

ハアハアハアハア、やっと邸に着いた。玄関扉をロックしたから、ゾンビたちも邸内へは入ってこられないはずだ。馬車で五分ほどの道のりが、徒歩だとここまで遠いとは思いもしなかった。

——バンバンバンバンバンバンバン!!

「ああ〜〜〜〜ゼガルディー〜〜〜〜〜」

「ゼガルディー〜〜〜〜僕とリリヤの恨み〜〜〜〜〜〜」

シャーロットの仲間のリリヤとアッシュも、まだ俺を追ってきていたのか？

「ゼガルディー……冒険者ギルド……受付で……私に……セクハラを〜〜許さない!!　殺してやる〜〜〜〜〜」

冒険者ギルドの受付？　確か……アイリーンとかいう女？

「ハアハアハア、知るか〜ボケ!!　いちいち、平民一人ひとりの名前を覚えているか!!　だが、お前の身体のことは覚えているがな!!　なかなかよかったぞ」

苦し紛れの強がりだ。

どうやら、こいつらは憎しみに囚われすぎて、知脳が低くなっているようだ。知能があり、これほど俺に殺意を向けていれば、窓やドアを蹴破ってくるはずだ。

「なんですって!!　殺す、絶対に殺す!!　放してリリヤ……あ……『殺す、殺す』!!」

今、殺意のない普通の声に戻っていなかったか？　気のせいか？

邸内は明るいし、ここは無事のようだな。ここへ戻ってこられれば、俺の勝ち……いや、待て。

警備のやつらはどうした？　執事やメイドの姿も見当たらないが？

――パン……パンパン!!

「なんだ、今の音は？」

――バチバチバチバチバチ!!

「あ!!」

邸の明かりが、突然明滅して薄暗くなっただと!?

あ……なんだ……この悍ましい気配は？　明らかに、人ではない何かが邸内に……いる。

「嘘……だろ？　まさか、魔物も入り込んでいるのか？」

やめてくれよ……こんな強大な気配……魔物大発生以来じゃないか。

「「『ゼガルディー様～、ど～こで～すか～』」」

聞いたことのない女たちの声が邸内に木霊している。こいつらも、俺を憎んでいるのか？

もしカッシーナ……いや、領内全ての連中が、俺を憎んでいるとすれば、出会うやつら全員が俺を殺しに来る。誰も、俺を助けてくれないのか？　……いや、一人だけいる!!　ただ、唯一可能性のある聖女シャーロットも、街の浄化で手こずっているはず、すぐにはここへ来られないか。

――パアアァァーーーーン!!

「な⁉　窓が勝手に開いた……何も感じなかったが？」

「「「あははは、見～つけた」」」

なんだ？　暗くて先の見えない廊下の奥から、何かがヒタヒタと奇妙な足音を鳴らしながら近づいてくる。

「「「うふふふふふ」」」

え……なんだ……こいつらは？　人形……なのか？　三体いる……な。俺と同じ背丈でこんな不気味な人形など、いまだかつて見たことがない。

綺麗な黒髪をまっすぐ伸ばし、長さが腰ほどまである人形。奇妙な衣服を着ているが、どこか気品がある。そして、残り二体は髪形も奇妙で、先程の人形の服装に近いものを着用している。まるで、どこかの国の王と王妃だ。三体とも、綺麗な顔をしているが、無表情だからか怖い。身体の震えが止まらない……声が出せない……あの悍ましい気配の正体は……こいつらだ。

「「「あれれ～？　逃げないの～？」」」

え……三体の表情が少しずつ変化していく？

「「「遊ぼ……遊ぼ……遊ぼうよ～～～～」」」

さっきまで無表情だったのに、急に不気味な笑みを浮かべただと⁉

はは……やばい……腰が……抜けた。動け、俺の身体よ、動いてくれ。少しでもこの三体から離れないと、何をされるかわかったもんじゃない。

「え、足に何か……う……うわあああ、これは髪？」

髪が俺の右足首に纏(まと)わりついて……なんだ、この髪の強度は？　手で引きちぎれない。そうだ、隠し持っている短剣を使えば!!

「うおおお、切れろ切れろ切れろ切れろ切れろ～～～イッテ～～～～」

「「「おほほほ、お馬鹿さん。私たちの髪の強度はミスリル以上、そんな平凡な短剣で切れるわけがない。無闇に切ろうとするから、誤って自分の足首を傷つけることになる。ふふふ、ほうら」」」

ひっ……髪の長い人形の髪の毛が床を這(は)うように伸びてきて、俺の腕に巻きついた!!

「「「つ～～かま～～えた～～～～」」」

「うわあああぁぁぁーーーーー放せ放せ放せ放せ放せ放せ～～～」

俺の心が、恐怖に侵食されていく。三体が同時に話すせいもあって、やつらの響く声が俺の心にどんどん入ってくる。

「放してほしい～～？　ほ～ら」

え？　なんだ……この浮遊感は？　なぜ、天井が目の前に？

あ、ぶつかる!!

「おわあああぁぁぁーーーーー落ちる～～～」

ぶつかる寸前に急降下しただと!!

――ドーーーーーーーーン！

あああ、痛い痛い痛い痛い痛い～～～～!!

あまりの痛さで声が出ない。

「逃げ……ないと……殺される……殺される……殺される!!」

え、俺に纏わりつく髪が衝撃で外れた？　今この瞬間、逃げるしかない。全身が痛い、身体が軋む。なんで、俺がこんな目に？　なんでなんでなんで？　どこかに隠れないと……

「つ～～かま～～えた～～～～」

あの髪が俺の左腕に!?

「うわあああぁぁぁーーーーやめてくれ～～～放してくれ～～～～」

「だ～～め、ほ～～～ら」

なんだ？　どうなっているんだ？　今度は、横回転で振り回されているのか？

周りの景色が……速すぎて……見えない。

「ほうら、放してあげる」

回転中に放されたせいで、俺の方向感覚が狂い、どこかの壁に激突し、崩れ落ちる。

「がは!!　ゴホ!!」

どうして、俺を殺さないんだ？　どうして……どうして……どうして？

「ふふふ……殺さ……ない。罪……を償うまで……終わらない。ケケケケケーーーーー」

罪を償う？

ああ……痛い痛い痛い。

とにかく、今は逃げろ逃げろ逃げろ!!

目が回ってフラフラするが、二階に上がれば、やつらの視界からも外れる。

「二階に……行くの？　いいよ、十五分だけ時間をあげる。ふふふふふ」

完全に弄ばれている。朝になれば、朝になれば住民も元に戻り、シャーロットが冒険者を引き連れて邸へ来てくれるはずだ!!　それまで、どこかに身を隠さないと!!

〇〇〇

ガタガタガタガタガタガタガタガタ。

身体中の震えが止まらない。親父の部屋のクローゼットの中なら広いし、しばらく時間も稼げる。

罪を償う？　住民たちは、俺を憎んでいる？　なぜ、俺を憎む？　俺のこれまでの行いが酷すぎたためか？　俺が一体何をしたっていうんだ？　俺は住民たちに、そこまで酷い行為をしたか？　平民の女を掻っさらいもしたが、口止め料という形で金を払ってやった。女どもも、それで満足していたじゃないか？　露店を営む平民の男に難癖をつけたりもしたが、露店などすぐに再開できるだろう？

——ガチャ。

う、誰かが部屋に入ってきた!?　息を潜めなければ!!

「ゼガルディ～～ど～こかな～～～」

この声は、王妃のような人形か!?

扉の隙間から見えるか？

う、あんな分厚い服を着ているくせに、なぜあんな気品ある動きができるんだ？　あんな魔物を見るのは初めてだ。俺の身体、頼むから震えないでくれ!!

「ふふふ、助けは来ないわよ。あなたは罪を……犯しすぎた。残り香に惑わされていない者もいるようだけど、全員ゾンビ化した住民たちへの対処で精一杯。それに……あなたは……既に見放されている。お前を好いている者は、この世にいない、この世にいない」

この世にいない？　つまり、母だけが俺を愛していたと？　俺は誰からも愛されていないと？　俺は……俺は……必ず次期領主になれると思い、自分の思うままに行動していた。それが、発端なのか？

——ギイイイィィィーーー。

「いな～～い」

室内にある扉を順に開けていっているのか？　少しずつ近づいてきている。罪、やはりこれまでの行動全てが罪なのか？　俺は、これまで様々なやつらを怒らせて楽しんできた。その全てが罪だというのか？　つい最近の出来事といえば、ナルカトナの件か。

シャーロットたちと位置を交換しないと、俺たちが貴重な残機数を減らすところだった。彼女たちが遺跡の入口にいたのが悪いんだ。そう、運が悪かっただけなんだよ!!

そもそも、俺の目的は護衛たちに伝えていた。やつらは何が起きても、俺を護るのが仕事だろう？　突然、ゴーレムに襲われたときも、残機数の減少を恐れて、俺は護衛の一人を囮にして逃げた。結局、そいつは死んだが、俺を護るのが仕事なのだから本望のはず。

この俺の考え方、価値観がおかしいのか？　『店を潰したり、数人死んだところで、平民なのだから、領自体になんの影響もないだろう』ということの考え方が間違っていたのか？

——ガタガタガタガタガタガタ。

「ふふふ、お間抜けさん、あなたの身体の震えがクローゼットにも伝わっているわよ？」

まさか……居場所がばれている？

この隙間からなら部屋が見えるはず、やつの現在位置はどこだ？

え？　なんだ、これは？　黒くて丸い何かが俺の方を向いている？　まさか……目？

——ギイイィィィーーーーー。

あ、俺のいるクローゼットの扉が少しずつ開いていく。そこにいたのは、どこかの国の王妃のような格好をした不気味な人形。薄暗いせいもあって恐怖が倍増していく。

「見～～つけた～～～遊ぼ」

い、嫌だ……逃げろ、逃げるんだ!!

「うわあぁぁぁあああぁぁぁぁーーーーー」

俺が無我夢中でクローゼットを抜け出そうとしたら、やつの右手が俺の右腕をきつく握りしめてきた。

「逃さない。つ～～かま～～えた～～」

嫌だ……死にたくない……死にたくない。

「やめてくれーーーー!!　俺が悪かった。罪を償うから許してくれ～～～」

死にたくない死にたくない死にたくない死にたくない。

「物足りない……その程度では……物足りない。ほうら」

今度は、俺を放り投げたのか!!

「かは!!　かは!!　かは!?」

どれだけの馬鹿力で俺を投げ飛ばしたんだ？　俺の身体が、何度も何度も壁を突き破っていく。痛い痛い痛い、なんて威力なんだ。あれ？　なんだ、この浮遊感は？　え、下がない？　まさか、放り投げられたことで壁をいくつも突き破り、邸中央の吹き抜け部分まで来てしまったのか？

「うわあぁぁぁあぁぁぁーーーーーがあああ!!」

俺は一階に転落した？　もうダメだ……あちこち骨折して、身体が動かない。

俺は、ここで死ぬのか？　俺が罪を犯しすぎたから？

あ……はは、どうしてこうなったんだ？　どこで人生を間違えたのだろう？　母さんは幼少の頃に他界した。親父は俺を悲しませないよう自由に行動させてくれたが、領の経営に忙しく、俺をほとんど見てくれなかった。その代わりに、俺の欲しいものはなんでも与えてくれた。

いや、違うな。俺の本当に欲しかったものは、手に入れていない。そう……俺は、ただ親父に構ってほしかったんだ。何か騒ぎを起こせば、俺を叱り、俺だけを見てくれると思っていた。そんな行動を繰り返すも、親父は俺に少し注意をするだけだった。だから、行動が徐々にエスカレートしていき、今回の異常事態を起こしてしまったんだ。

シャーロットたち……すまなかった。冒険者たち……すまなかった。カッシーナ、いやボストフ領にいる全ての住民たち、こんな事件に巻き込んですまなかった。あはは……死の間際に気づく、この馬鹿野郎を許してくれ。

――ギシ……ギシ……ギシ。

恐怖の足音が聞こえてくる。これで、俺の人生も終わりだ。最後に、聖女シャーロットの料理を食べられたことが、俺にとって唯一の救いだった。

「あなたのその思いは……その涙は真実ですか？　心から悔いているのであれば、助けてあげましょう」

誰？　目がボ～ッとして誰かわからない。俺が泣いている？　俺は、この声を知っている。だが、誰だった？　なんだろう、俺の心が溶けていくような……奇妙な感覚だ。

「真実……です。俺は……自分の我儘でみんなを……振り回し傷つけました。罪を償いたい。大罪を……犯してしまった自分に……どうか神の慈悲を……」

そんな機会が来ていないことは、十分承知している。それでも、俺は本心を告げる。もし、ここで助かるのなら、残りの人生全てを使ってでも、ボストフ領にいる住民に償いたい。

「どうやら本当に悔いているようですね。わかりました、願いを叶えましょう。そして、今思ったことをあなたの父親に伝えなさい。そうすれば、あなたが欲したものは手に入ります。嘘偽りなく話しなさい」

「あ……ありがとう……ございます」

温かい光が、俺を包んでいく。俺は……死ぬのか？　薄れゆく意識の中、俺の視界が瞬間的に鮮明になる。そこには、光り輝く女神……シャーロット様が俺のために祈りを捧げる姿があった。

15話　性格、激変す

私の目の前には、リジェネレーションで回復中のゼガルディーが横たわっている。邸内全体をかなり傷つけてしまったけど、事情を知ればボストフ伯爵も許してくれるよね。終盤、彼は心から自分の罪を悔いていた。かなり厳しめのお仕置きだったけど、やっと自分の抱えている悩みと向き合い、犯してきた罪にも気づいてくれた。

今回のお仕置きイベント、『洋風ゾンビ』と『和風人形』たちによる『ホラーシティー』、カッシーナの多くの住民に協力してもらったことで大成功を収めたようだ。これで、ゼガルディーも更生してくれると思う。

「シャーロット、ゼガルディーを殴っていいかしら？」

ゾンビ顔のアイリーンさんが玄関扉を開けて、青筋を立てながらこちらに向かってくる。今回の洋風ゾンビ、全て特殊メイクである。前世のテレビで観たメイクアップ術をなんとか思い出し、幻惑魔法『幻夢』で映像化して、それを元に化粧する。アイリーンさんたち女性陣や、化粧をしない男性陣も、前世のこの技術に感嘆していた。女性陣は面白がって、みんなにゾンビメイクを施していったよね。

今は、お仕置きが終わって間もない。ここにいるほとんどの人たちは長年抱えていた鬱憤を晴らせたようだけど、アイリーンさんだけは怒りを鎮めていないらしい。原因は、ゼガルディーの強がりで出たあの言葉だよね。

「アイリーンさん、彼は改心したと思います。殴るかどうかは、彼の今後の行動で判断してください。もう、貴族だからといって、威張り散らしたりしないと思います」

私の一言に、アイリーンさんは溜息を吐いた。

「仕方ないわね。ドールマクスウェルたちに身も心もかなりやられているし、あなたの判断に従うわ」

玄関から、邸内で働く執事さんやメイドさん、住民たちも入ってきた。全員、ゼガルディーの心身ともに疲れ果てた姿を見て、改めて満足している。

今回のお仕置きには、ドールマクスウェルとドールXXにも協力してもらった。ただ、Sランクの力を持つ魔物が邸内で力を解放するとなると、通常であればそのことがカッシーナや最悪王都にも伝わり、大混乱に陥ってしまう。だから、私は隠れ里で習得した対ユアラ戦用ユニークスキル『ダーククレイドル』を邸内限定で発動させた。

ユニークスキル『ダーククレイドル』

シャーロットの闇魔力で発動する支配領域。本来、魔物特有のスキルであるものの、彼女がドールマクスウェルからその極意を学び、自分専用に進化させている。

効果：
一）クレイドル内と外界を完全に遮断する。
出入りには『スキル所持者の許可』、または『スキル所持者以上の力でクレイドルを破壊する』しかない。
二）全魔法使用不可・一部のスキル使用不可。
クレイドル内には、不可視の闇魔力が充満している。人はその中で呼吸するため、必然的に闇魔力が体内に侵入し、体内魔力を掻き乱す。そのため、魔力を練ることもできず、一部のスキルも使用不可となる。ただし、シャーロットに認められた者だけは、通常通りの動きが可能となる。

まだ未完成のスキルだけど、上手く機能したようだ。と言っても、ゼガルディー自身はマクスウェルたちの魔力に当てられ、魔法もスキルも使用できなかったけどね。

「市松、男雛、女雛、ご苦労様。今回のお仕置き、あなたたちの視点から見てどうだった？」

今回召喚したドールマクスウェルと二体のドールＸＸには、名前をつけてあげた。新しく生まれ変わったのだから、上位であるこの子たちの名を変化させた方が、下位の者からもより尊敬されると思ったからだ。まあ一番の理由は、今後ドール族と知り合うこともあるだろうから、区別したかったたんだよね。ＸＸなんか今でさえ二体もいるから、普通に呼んでしまうと、二体同時に振り向くんだよ。

名前に関しては、前世の人形名をそのまま使用した。三体とも、新たな名前を貰えたことで感激してくれた。召喚直後、住民たちは魔力に当てられ怖がっていたけど、三体とも魔力を抑えたこと、私を主人と認めていることもあって、隠れ里同様すぐに打ち解けることができた。

「最高です!!　これまで普通に人と戦い恐怖を味わわせてきましたが、よもやこんな驚かし方で相手の戦意を削ぎ、恐怖と屈辱を与えられるなんて、夢にも思いませんでした。今後このお仕置き、『ホラーシティー』ですか？　カッシーナの名物にしたらどうでしょう？」

まさかの市松の提案に賛成したのは、アイリーンさんたち住民だ。

「市松、それ最高よ!?　さすがに街全体は厳しいけど、家の中でお化けメイクをして驚かせるのを商売にすれば、絶対に流行るわ!!　だって、この特殊技術は、私たちカッシーナの住民しか知らないもの!!」

そうきたか。前世の地球でも、そういったイベントやお化け屋敷は存在し、結構流行っていたから、観光客を呼び込めるかもしれないね。アイリーンさん、アッシュさん、リリヤさん、そして住民たちが三体と話し合い、笑いを零す。

「あれ？　シャーロット、気絶しているゼガルディーの髪色が白くなっていくよ？」

リリヤさんに突然言われて、私も彼を見ると、確かに髪色が金髪から白へと徐々に変化している。

「彼の心が恐怖で満たされていましたから、それが回復により解放され、髪色に現れたのでしょう」

「うわあ～、ちょっと可哀想かも？　シャーロットのような銀髪じゃなくて、完全に白だよ？」

金髪から白髪に変化したことで、不思議と、彼の傲慢さが消えていくような印象を受ける。ある意味、変化してよかったかもしれない。

○○○

お仕置きが終了してから、一時間が経過した。今頃、住民は自分たちの家でメイクを落とし、元の生活を営んでいるだろう。ボストフ伯爵に雇われている人たちが忙しなく後片付けに追われ、市松たちが壁の修繕をしている中、私、アッシュさん、リリヤさんの三人は、自室のベッドでそろそろ目覚めるであろうゼガルディーのそばにいる。

「う……ぐ……ここは？」

どうやら、お目覚めのようだ。

「ゼガルディー様、ご気分はいかがですか？」

彼はゆっくりと起き上がって周囲を見渡し、なぜ自分がここで寝ているのかと首を傾げている。

「あ……（女神様）……やはり……あれは夢じゃなかった」

私を見た瞬間、小声でボソッと何か呟かなかった？

「カッシーナで起きた出来事、全てが現実です。そして、私が終息させました」

その言葉を聞き、彼の目には大粒の涙が溢れていく。

「あ……ありがとう……ありがとう。俺は……いや……私はみんなに迷惑をかけてしまった。謝罪せねばならない」

なんか、人格が変わってない？　金髪時の傲慢さや俺様感が皆無となっており、どこか儚げに感じる。少し後方にいるアッシュさんとリリヤさんも驚いているようだ。

「私は……生きているんだ。シャーロット様……私を救ってくださり……ありがとうございます。私にとって、あなたは女神です」

この人、誰よ⁉　なぜ、私が女神扱いされるの⁉

私、このお仕置きを執行した黒幕だよ‼

「あ……あの……私はただの人間です。断じて、女神ではありませんから。あと、きちんと休養をとってから、みんなに謝罪してください」

お仕置きをやりすぎたせいか、性格が変化したようだ。これは、ちょっと予想外かな。

「わかりました。私は、これまでに多くの大罪を犯してきました。今後は、この罪を償っていこうと思います。私のせいで死んでしまった冒険者もいますし、みんなも私を恨んでいるでしょう。体調が整い次第、行動を開始します。生涯を費やし、贖罪をしていきます」

本当に誰なの、この人？

あのゼガルディーと同一人物なの？

目覚めるやいなや、急に謝罪してくるし、一つ一つの言葉に妙に重みがある。

「シャーロット、ちょっと」

後方から、リリヤさんが私の服を引っ張る。私はゼガルディーのそばから離れ、後ろに下がった。

「(シャーロット、あれ誰？　本当にゼガルディー？)」

「（リリヤさん、間違いなく、彼はゼガルディーです）」

「（僕が彼を襲ったときと、人相が違ってないか？）」

アッシュさんの言いたいこともわかる。

「（どうも恐怖しすぎたせいで、人格が大きく変化したようです）」

「（変化しすぎだよ!!　ボストフ伯爵が戻ったら、腰を抜かすかもしれないよ!?）」

「（リリヤの言う通りだ。多分、他の人たちも驚くと思う）」

うん、そうだろうね。アイリーンさんたちはこの状態を知らないから、彼が冒険者ギルドに訪れたら同一人物と思わないかもしれない。

「女神様……あ……シャーロット様、どうしました？」

この人、今後私のことを女神と呼ぶんじゃないだろうか？

「いえ、なんでもありません。あなたを襲った魔物たちですが、私が三体を説得したことで、私の従順なる従魔となりました。現在、破壊された壁を修繕しています」

それを聞くと、彼は目を見開き、とんでもない言葉を紡ぎ出してきた。

「さすがは我が女神、あの強大な悪ですら、あなた様には通用しないのですね。本当にいるのかさえ怪しい神ガーランド様よりも、あなたを主と崇める新たな女神教を作りたいですよ」

うわあ～、この優しく透き通るような綺麗な目、この人は本気で言っている。

冗談じゃない、本気でやめてほしい!!

「あはは……作らないでくださいね」

もう、帰ろう。ここにいると、頭がおかしくなりそうだよ。

「ゼガルディー様、今回私はあなたを助けましたが、もし同じ過ちを繰り返すようであれば、全てを失うことになります。おそらく、全ての人から見放されるでしょう。くれぐれも肝に銘じて、これから生きてくださいね」

「無論です。このゼガルディー、あなたに忠誠を誓いましょう。同じ過ちを犯せば、自決の道を選びます」

ひい、怖い発言をしないでよ!!

あなたのような人に、忠誠を誓われたくないから!!

「女神様、私は父から再度貴族教育を学ぼうと思います。父や領民から許され、新生ゼガルディーとなった暁には、またお会いいただけるでしょうか?」

正直、二度と会いたくない相手なんだけど、そんなことを言える雰囲気ではない。

「え……ええ……構いませんよ。ただ、私も旅を続けている身、いつまたここへ来られるかわかりません。もし、私が無事に故郷へ戻れたときには、お礼も兼ねて再度ジストニス王国へ訪問する予定です。そのときに、またお会いしましょう」

「はい!!　それまでに、自分自身を鍛え直しておきます!!」

その後、ゼガルディーは邸内で働く人たち一人ひとりに、これまでに仕出かした罪を許してもらうべく、丁寧かつ真摯に謝罪していった。あまりの変わりように、みんなが驚嘆するものの、彼の言葉の重さを感じ取ったのか、謝罪を受け入れ両手で握手を交わす。

彼に見えないところで、私は再度その人たちからお礼を言われたのだけど、ゼガルディーは全く気づいていなかった。彼は私のことを女神と崇めるようになったけど、その女神がこのお仕置きの発案者なんだよね。彼自身が、一生気づくことはないだろう。

もう夜も深い時間となっている。事情もあって、クレアさんだけは起きてくれているから、早くゆりかごへ戻ろう。

○○○

私たちがゆりかごへ帰っている道中、ステータス音が聞こえてきた。それを二人に伝えると——

「シャーロット、ここまでのことをしたんだから、何か新たな称号が追加されているんじゃないか？」

アッシュさんに言われて気づいたよ。ガーランド様のことだから、面白がって何かとんでもない称号を新規で追加しているかもしれない。

NEW称号『戦慄の捕食者』

一人の魔鬼族の精神を恐怖のどん底に叩き落とし、崩壊寸前まで追い詰めた。しかも、その全ての作業をカッシーナの住民や従魔に実行させ、自分だけは最後の最後に彼の命を助けたことで、『魔王』どころか『女神』扱いされ、新たな崇拝者にしている。この鬼畜な所業に相応しい称号を、

君に与えよう。

効果：相手の心を『威圧』で束縛し、恐怖に全てを侵食させると、どんな相手であろうとも、称号所持者を神として崇拝してしまう。必要な心の侵食度は、個人によって異なるため注意すること。

何、この理不尽な称号と説明は⁉

こんなの使ったら、世界中の人が私を『女神』と崇めてしまうじゃないか‼

ガーランド様、度重なるストレスでおかしくなったんじゃないの‼

一応、二人に言っておこう。ぶっちゃけ、言いたくないけど。

「――それは……気の毒というかなんというか……」

「でもアッシュ、魔王じゃなく、女神として崇められるのだから、ある意味いいんじゃないの？『威圧』スキルの多用を控えればいいだけだし」

リリヤさん、ごもっともな意見をありがとうございます。

「確かに。ゼガルディーのような、相手の話を聞かない傲慢な人に対しての最終手段となり得るか」

いや、ゼガルディーのような人が出現する度に、この称号効果を使いたくないから‼

「あ‼　ふと思ったけど、ゼガルディーのシャーロットに向けるあの目、あれは普通じゃないよ？新生ゼガルディーになったら、あなたに結婚を申し込んだりして？」

リリヤさん、今なんて言った⁉

「あり得るな」

ちょっとアッシュさん!!　私、あんな人と結婚したくありませんから⁉

「即決でお断りします!!」

ロリコン野郎に、興味はない!!

16話　再戦に挑む

ゼガルディーお仕置き執行事件から、三日が経過した。この間、表向きカッシーナの住民たちはいつも通り過ごしていたけど、貴族関係者がいないところでは、あのお仕置きの話題でもちきりだったという。市松提案のホラーハウスも話題にのぼり、現在どうやって家全体をホラー化させるか検討中となっている。

クロイス女王にも結果を報告したけど、お仕置きの内容が少々厳しかったことで、ゼガルディーに少しばかり同情していたよね。性格を激変させたことについては、実際本人を見ていない彼女は、イマイチ実感できないようだった。まあ、彼の心を更生させることに成功したので、女王だけでなく、他の貴族たちも納得してくれたからいいけどね。今回の一件、事前にお仕置き内容を伝えていたこともあって、王城の方でも特に大きな混乱はなく、私自身の評価を大きく向上させることに繋がった。

ただ、今後も貴族の関わる事件に巻き込まれる可能性はあるので、こういった過激なお仕置きに関しては、私の独断でやらないよう、クロイス女王に優しく注意されたよ。私としても、あまり悪目立ちしたくないので、『今回と同じく事前に報告し、極力穏便に済ませるよう配慮します』と言ったら納得してくれた。

そして現在、私たちの心身も完全回復し、ゆりかごの部屋の中で今後の行動について話し合うことになった。私には一つ心残りがあるので、この際だから二人に提案してみると……

「もう一度、ナルカトナ遺跡へ行きたいだって!?」

「ダメだよ、危険すぎるもの!!」

当然、二人から猛反対されたよね。

「残機数をアップさせる秘策を思いついたので、それを試したいのです」

アイリーンさんからクエイクとボムエリアの説明を聞いたとき、ピーンと閃いたんだ。クエイクエリア限定で、しかも可能な地形も決まっているけど、上手くいけば残機数を大幅にアップできる。

私が秘策の内容を全て明かすと――

「シャーロット、無茶だ。地下三階の状況だってどうなっているかわからないし、僕たちの残機数も、あと二機しかない。無理に挑戦しなくてもいいだろ?」

「私もそう思う。もっと経験を積んでから、きちんと挑戦すべきだよ」

実際に体験したからこそ、あの恐怖が蘇ってくるのもわかる。でも。

「次の機会では地形が変わっていて秘策が使えないかもしれません。今ならまだ、可能性がありま す。それに、このまま負けっぱなしで、ここを去るのは嫌なんです。攻略できなくてもいいので、あのゴーレムどもをぶっ飛ばしたいです。アッシュさんは、おねしょの件で爆笑されたんですよ？　悔しくないんですか？」

あのときのゴーレムの様子を思い出したのか、アッシュさんの顔色が変化していく。

「ちょっと、ダメだよ!!　おねしょした件に関してはユアラが絡んでいるんだから、ゴーレムたちだって無理矢理やらされた可能性もあるんだよ？　おねしょの件は忘れようよ」

リリヤさんがおねしょおねしょと連呼したせいで、アッシュさんの怒りにどんどん火がついていくんですけど？

「僕としても、負けっぱなしは嫌だ。でもシャーロット、危険な行為ということはわかっているよね？」

「もちろんです。きちんと地下一階か二階でエスケープストーンを入手し、いつでも脱出可能な状態にしてから、秘策に挑むつもりです」

「……わかった、挑戦してみよう。ただし、地下三階の状況をアイリーンさんに聞いてからだ。シャーロットの秘策は、現状地下三階、しかも地形が前回と同じ場合でしかできないからね。トキワさんやカゲロウさんとの約束を破ることになるけど、このまま逃げて旅を続けるのは僕も嫌だ。リリヤもそう思うだろ？」

アッシュさんもやる気になったことで、リリヤさんは押し黙ってしまう。彼女は、このまま『逃げる』のか『戦う』のか葛藤（かっとう）しているように見えた。

「わかったよ。私としても、ユアラに負けた感じがするから挑戦する。でも!!　危なくなったら逃げよう‼　私たちの余裕は『あと一機』だけなんだから、絶対に欲張ったらダメ‼」

これで全員の意見が揃った。あとは、私の秘策をアイリーンさんに話してみよう。成功させるためには、いくつかの条件をクリアしないといけない。また、誰にも話さずに私たち三人で勝手に挑んだら、みんなを心配させることになる。

さあ、リベンジの開始といこうか‼

〇〇〇

時間は午前九時、私たちは冒険者ギルドに到着する。受付から冒険者がいなくなったのを見計らってアイリーンさんのもとへ行き、ユアラの件を省いた状態で地下三階で起きた出来事を詳細に話し、今回の目的を伝えた。

「な、再挑戦ですって‼　正気なの⁉」

「もちろん、危険なのは理解しています。ですが、ゴーレムたちに爆笑されたまま、ここを去りたくありません。せめて、彼らに一泡吹かせたいのです‼」

やはり、アイリーンさんも反対するか。

「あなたたちの気持ちもわかるけど、最悪残機数の予備がなくなるわよ？　それでもいいの？」

私たちは、ゆっくり頷く。すると、彼女は深い溜息を吐いた。

「まったく、鉱石目当てではなく、ゴーレムに笑われたから再挑戦する冒険者なんて、これまでに聞いたこともないわ。本来、私の許可など必要ないのだけど、あなたたちは心配をかけないために言ってくれたのよね。地下三階に関しては、その後の調査で平穏を取り戻しているとわかったから問題ないのだけど……」

土精霊様は、ユアラによって掌握されたシステムの一部を復帰させたのか。それを聞いて、一安心だよ。さすがに、三十体以上もゴーレムが存在していては、私の秘策も通用しない。

「一応聞くけど、残機数アップの秘策というのは、どういったものなの？」

私はアイリーンさんに、秘策の全てを明かす。日本の『とあるゲーム』に嵌まっていたおかげで、これを思いついた。

「なるほど、理論上は可能ね。でも、いくつかの条件をクリアしないといけないわ。一つ目『他の冒険者が目的の階に一人もいないこと』、二つ目は『宝箱を開けたときに出現するゴーレムの位置の把握』、三つ目は『作戦を実行するためのタイミング』ね」

さすがアイリーンさん、わかっていらっしゃる!! そう、私の秘策で他の冒険者を巻き込むわけにはいかない。

「一つ目に関しては、なんとかなるわね」

「え、本当ですか？」

冒険者がその階に『いるか』『いないか』なんて、普通わからないよ？

「騒動が収まったとはいえ、なぜゴーレムが大量発生したのか、その原因が解明されていないの。現在、地下三階以下の攻略を冒険者全員が尻込みしているわ。だから、誰もいない可能性が高い」

おお、それって私たちにとって、非常に都合のいい事態だよ!!

「そしてもう一つ。あそこは『欲望の試練』と言われているけど、たとえば私たちがセーフティーエリアとかで、頻繁に希少金属の取り合いなんかしていたら、土精霊様も嫌気が差すでしょう?」

アイリーンさんの言う通り、そんな汚い光景を毎日見たくないよね。

「だから、その階にいる冒険者の数と位置を、各自のステータスに記載してくれているのよ。かえって危険な場合もあるけど、互いの数と現在位置を知るだけで、冒険者の間のトラブルはある程度減らせているはずだわ。ちなみに、本人が行ったことのない場所は非表示よ」

その情報は、初耳なんですけど!?

「あ!! そういえばあのとき、僕たちのステータスに『クエイクエリア・地下三階』と表示されていましたけど、それ以外の表示はありませんでしたよ?」

うん、確かにエリアが表示されただけで、それ以外の情報はなかった。

「地下三階の冒険者全員が異変を察知して脱出したのだから、当然何も表示されないわよ」

あ、そういうことね。ともかく、そんな機能があるのなら、他人を巻き込むことはないだろう。

あとは、私たちの腕次第か。

「シャーロットの秘策に関しては、上手い一手だと思うわ。でも、まだ解決していない問題も残っているし、地形が変わっている可能性もあるから、絶対に無理しないこと。いいわね?」

「「はい!!」」

よし、アイリーンさんからの許可も貰えた。ゆりかごの面々には、事前に言ってある。かなり心配されたけど、なんとか説得できた。残機数大幅アップに成功した場合、そのときの状況にもよるけど、少しだけ攻略を試みるかもしれない。

「クエイクエリアに挑戦すると、まず『お試し部屋』に転移されるわ。そこで、自分たちの置かれている状況を再確認すること。どんなベテラン冒険者でも、必ず行(おこな)っている行為よ。この意味に気づき、残機数を大幅アップできたのなら、試しに攻略を試みてもいいわ」

アイリーンさんに、私たちの考えを先読みされていたか。でも、ベテラン冒険者なら、状況を再確認する必要性もないと思うけど？　その理由に気づくことができれば、私たちでも攻略していいのか。面白いね。必ずその意味を理解し、残機数を大幅アップさせてみせるよ。

私たちはアイリーンさんにお礼を言い、冒険者ギルドを出る。

「シャーロット、リリヤ、これからナルカトナ遺跡へ向かうけど、心の準備はできているかい？」

「大丈夫!!　アイリーンさんのヒントの意味がわからないけど、とりあえずそのお試し部屋に行ってからが始まりだよね!!」

アッシュさんもリリヤさんも、やる気十分のようだ。

「私も準備は万全ですよ。ナルカトナ遺跡へ行きましょう!!」

たとえユアラが見ていたとしても、彼女の性格を考えれば、必ず私の秘策を見たいと思い、何も手出ししないはずだ。残機数を大幅アップできるまでは、比較的安全と言えるだろう。

17話　ナルカトナ遺跡攻略開始

前回は、ピクニック気分で楽しくナルカトナ遺跡まで来られたけど、あの経験のせいもあって、今回は途中で出会う冒険者たちにも警戒しつつ向かう。でも結局は前回同様、一度も魔物と遭遇せず、目的地へ到着できた。

「アッシュ、以前来たときよりも、緊張感があるね」

「そりゃあそうさ、リリヤ。前回と違って、今回は遺跡内のダンジョンに入るんだから」

さすがに、私も緊張している。ここでは、私の強さも一切通用しない。一つの判断ミスで、残機数を失うことになるから、気を引き締めないといけない。

「今日は、遺跡内に誰もいませんね？」

私たちが遺跡に入ると、静けさだけが漂っており、人の気配は微塵も感じ取れない。

「クエイクエリアの異常が回復して日も浅いから、みんな様子を見ているのかもしれない」

「シャーロット、アッシュ、クエイクエリアへ行くんだよね？」

そう、私たちの目的は、クエイクエリア地下三階で残機数を大幅アップさせることだ。ボムエリアには行かないけど、後ほど魔法だけ入手しておこう。

「はい、お二人とも、心の準備はできていますか？」

「大丈夫、いつでも行けるよ!!」

「僕も大丈夫!!」

私たちは中央の石碑から左手にある石板へと移動する。これに触れれば、ステータス画面が表示されて、あとはそこに出る質問に答えていけばいいんだよね？　私たちは互いに頷き、三人同時に石板に触れる。すると、ステータス画面が私たちの正面にそれぞれ出現した。

『古代遺跡ナルカトナへようこそ。これからいくつか質問しますので、それに答えてください。プライバシーに関わるものもありますので、答えを口に出す必要はありません。こちらのキーボードで入力していけば、入力文字が答えの欄に表示されていきます』

なんか、アンケートみたいだ。入力方式はキーボードなのね。

『質問一　参加人数、パーティー名、参加者を記載してください』

ええ!?　パーティー名なんか決めてないよ!!

「アッシュさん、リリヤさん、パーティー名はどうしましょう？」

「『シャーロットと愉快な仲間たち』でいこう」

「「ええ!?」」

リリヤさんと私の声がハモった。

「アッシュ、そんなパーティー名でいいの？」

「そうですよ!?　もっとカッコいいものにしましょうよ」

私は厨二病を患っていないけど、このパーティー名はない。これじゃあ、私が目立つ。

「シャーロットもリリヤも落ち着いて。これは、ここだけのパーティー名であって、正式なものじゃない。だから、なんでもいいじゃないか」

言われてみれば、私たちは冒険者ギルドでパーティー名を登録していないのだから、他者がこの名前を知ることはないのか。

「それもそうですね。今から考えるのも面倒ですし、これでいきましょう」

「いいのかな～？」

リリヤさんは一抹の不安を感じているようだけど、もう面倒くさいからこれでいいや。『参加人数：三名　パーティー名：シャーロットと愉快な仲間たち　参加者：シャーロット、アッシュ、リリヤ』っと!!　自分の名前がパーティー名に入っているせいで、なんか恥ずかしい。

『質問二　エンチャントゴーレムを倒すと、三分の一の確率でアイテムを落とします。あなたが入手したいアイテム名を三つ入力してください。ただし、武器・防具・宝石・金属・鉱石など、希少価値の高いものは除外される場合があります』

アイテム名か、それなら……

第一希望（入手確率：五十パーセント）　エスケープストーン

第二希望（入手確率：二十五パーセント）　エスケープストーン

あ、人でもいいのかな？

第三希望（入手確率：二十五パーセント）　ユアラ

これでＯＫ。

『第三希望は不可能です。これができたら、ガーランド様も苦労しません』
あ、凄いツッコミを入れられたよ。冗談で記載したのだけど、本気と思われたようだ。普通に、第三希望をミスリルの屑に変更しておこう。

『質問は、これで終了です。次に、ルールについて説明します』

このルール説明、ざっと見た限り、ほとんどがアイリーンさんやケアザさんから聞いたものだ。私たちが新たに知るべき点は……ここからだね。

『ナルカトナ遺跡のダンジョンでは、地上や通常のダンジョンの常識が一切通用しません。元のステータスがどれだけ高かろうと、数値は１５０に統一され、魔物を倒す方法も土魔法「クエイク」か火魔法「ボム」だけとなります。クエイクを使用すると、使用者の一メートル前に縦・横・深さともに三メートルの穴が開きます。十秒経過すると、穴は徐々に塞がります。その穴に魔物を落とし、穴を塞げば、魔物は死にます。ボムを使用すると、使用者の一メートル前に爆弾が現れます。十秒経過すると、爆弾を中心とした全方位一メートルに業火が出現しますので、その火で魔物を撃退してください』

このルール説明、ゲームかなんかみたいだね。どこかで聞いたことがある気も……

『スキルも封印、魔法も「クエイクまたはボム、回復魔法以外」が封印されます。魔物はエンチャントゴーレムだけですが、各自が個々の属性を纏っており、あなた方を物理攻撃してきます。残機数の予備がない場合、魔物の手に触れた瞬間、ステータス数値に関係なく、一瞬で焼死・凍死・感電死・生き埋め・窒息死などとなり、その後溶かされ、ダンジョンに吸収されます』

一瞬で死ぬのなら、どんな死に方でも同じだと思うのだけど？

『セーフティーゾーンは、各階層に一ヶ所設置されています。滞在時間に、制限はございません。ルール説明は以上となります。ただ今より、クエイクをそちらに転送します』

よし、ステータスの魔法欄に、クエイクが追加された。

『今からクエイクエリアに挑戦しますか？　はい／いいえ』

ここで『はい』を選択すると、お試し部屋へ転移されるんだね。

「アッシュさん、リリヤさん、私は一通り読みました。あとは、『はい』をタップするだけです」

「私も終わったよ」

「僕も終わった。リリヤはアイテム関係のところで、ぶつぶつ呟いていたけど、何かあったのか？」

そうなの？　ルール説明を夢中で読んでいたから気づかなかった。

「え!?　そ……それは秘密かな？　とりあえず、攻略する上で必要なもの、エスケープストーン、ポーション、マジックポーションを記載したよ（冗談半分で、第三希望・婚約指輪にしたなんて言えない。しかも、『それはアッシュ君に買ってもらいなさい』っていうツッコミを入れられたし）」

惚けた顔をするリリヤさん、内容が気になる。ゴーレムの落とすアイテムに何を記載したのだろう？

「そういうアッシュは、何を希望したの？」

「え〜と……第一、二はエスケープストーン、第三に『シャーロットを故郷へ転移させる転移石』と記載したら、『それは高価すぎるので無理』というツッコミを入れられたよ」

さすがに、それは叶えられないでしょ。

「あ、わかる。私も無茶なアイテム名を記載してツッコミを入れられたもん。シャーロットは、何を記載したの？」

まさか、二人も私と同じくツッコミを貰うようなアイテム名を記載していたとは。

「第一、二希望がエスケープストーン、第三に『ユアラ』と記載しました」

「「無理だから!!」」

あら～ナイスツッコミ。

「土精霊様から、同じツッコミを貰いましたよ。だから、ミスリルの屑に変更しました」

二人とも、私と同じく第一、二希望にエスケープストーンを入力したんだね。これなら案外早く、脱出アイテムを人数分確保できるかもしれない。クロイス女王から貰った報償金で懐も十分温かいから、事前にポーションやマジックポーションも購入してある。

「うん、無難なところだね。ホワイトメタルに変化できるミスリルの屑は、今後貴重なアイテムとなるからね。それじゃあ、準備はいいかい？」

私とリリヤさんが頷き、私たち三人は『はい』をタップした。

ナルカトナ遺跡、攻略開始だ!!

18話　お試し部屋

『はい』をタップした瞬間、どこかの部屋に転移された。縦横が十メートル、高さが五メートルほどの広さだ。周囲の壁は、洞窟とかでよく見かける茶色い土壁で、大きな扉が私たちの前方にある。あの扉の向こうから、本格的な攻略がスタートするわけか。

「アッシュ、シャーロット!! ステータスに、この空間についての説明が記載されているよ」

ここが『お試し部屋』ということは私たちも理解している。おそらく、封印されたスキルや魔法の確認と、クエイクを試すところかな？ まずは、ステータスを見てみよう。

『ここは、お試し部屋です。スキルや、クエイクと回復以外の魔法に関しては封印されました。ここで身体の状態と、クエイクを確認しましょう』

ふむふむ、思った通りの内容だ。あ、でも続きがある。

『ここを出ると、地下一階となります。ナルカトナ遺跡では、構造はともかく、地下へ下りる階段の位置が毎日変化していますのでご注意ください。先程の石板の繰り返しとなりますが、あえて言います。宝箱からアイテムを一個入手するたびに、新たなゴーレムがどこかで出現します。欲望を制御し、残機数に気をつけながら、攻略してください』

土精霊様、何気に挑戦する冒険者を気にかけてくれている。ここは別名『欲望の試練』、あらゆる欲望に打ち勝った暁には精神的にも強くなれる。

たとえ最下層にまで到達できなくとも、残機数に注意して進めていけば、多くの人が強くなれる……はずなんだけど、アイリーンさんからの情報だと、多くの冒険者が欲望に負けて残機数を減らしていき、最悪ダンジョン内で死んでしまうらしい。

　この十年での行方不明者数は三百二十四。死んでしまうと溶かされるため、死体は回収できない。ゆえに、行方不明扱いとなる。私たちも注意して進もう。

「やっぱり、前回と同じで、魔法とスキルが封印されている。『身体強化』や『魔力循環』も働かない。シャーロットとリリヤの方はどうかな？」

　前回は突然転移され、ゴーレムを倒す手段を持ち合わせていなかったから、私たちもかなり焦ってしまい、簡単にしか確認していなかった。アイリーンさんによると、ここで隠された何かに気づけということになる。

「アッシュさんと同じで、『身体強化』などのスキルは使えませんね。『魔力循環』なども使えませんが、ヒール系の魔法を使用するときのみ働く感じがします」

「私の方もダメ。アッシュの言う通り、魔力に関わる全てのスキルと魔法が使えそうにないよ。魔力を使わないスキルの方はどうかな？」

　魔力を使わないスキル!?　そういえば、剣術・体術・足技スキルとかは、魔力を基本使用しない。そうか、私たちの身体には鍛錬による経験が刻み込まれているから、スキルを封印されても、技そのものは使用できるんじゃないの？　試しに、タップダンスを踊ってみよう。ダンジョンの中だから、音を立てるのはまずい。靴はこのままで試そう。

「え、シャーロット、急にどうしたの？　……あ、そうか!!」

　リリヤさんも気づいてくれて、一緒にタップダンスを踊る。地面が土で音が響かないため、少し変な感じがするけど、二人とも隠れ里で訓練した通りの足捌きができた。

「アッシュ、足技関係のスキルは封印されていても使えるよ!! これなら、剣や刀術スキルも使えるかも!!」

アッシュさんは私たちの動きを見て納得しているようだけど、なぜか自分で試そうとしない。

「僕は、シャーロットやリリヤほど上手くタップをできないからね。だから、『俊足』や『縮地』をやってみるよ」

え、この部屋でやるの!?

「あ、そうだね。アッシュ、どうせなら隠れ里で身につけた『縮地』を使ってみたら？」

「いいね!! 本当に使えるか、全力でやってみる」

ちょっと!! 『足捌き』や『俊足』ならともかく、ここで『縮地』だけはやってはいけない!!

しかも、全力でだよ。あ～、彼は完全にやる気モードになっている。

「いくぞ～～～～」

「アッシュさん、ま……」

「『縮地』!!」

——ドーーーーーーーーン!!

あちゃあ～～～、本当に使っちゃったよ。こんな狭い部屋で『縮地』なんか使ったら、すぐに壁に到達し曲がりきれず激突するに決まっている。ダンジョンの壁は超頑丈だけど、衝撃とかは吸収されない。結構、痛いだろうな～～～。

「アッシュ～～～、大丈夫⁉」

リリヤさんがすぐに駆けつけて、傷だらけとなったアッシュさんにヒールをかけている。なんというMPの無駄使い。

「イタタタ、酷い目に遭った。シャーロットはこうなるとわかっていたから止めようとしたんだね？」

「ええ、そうなの⁉」

今、気づいても遅いです。

「はい。アッシュさん、カゲロウさんに言われたことを忘れたのですか？　上位スキル『韋駄天』と同じく、『縮地』を使用すると敏捷性を大幅に上げられますが、直線的な動きしかできないため、『韋駄天』と異なり、急な方向転換ができないのです。しかも、ここは狭い部屋なので、『縮地』には不向きです」

新たに身につけ制御可能となった『縮地』を早く実戦で使いたいのもわかるけど、使いどころを完全に誤っている。

「そうだったね。今こそ試すときだと思い、完全に浮かれていたよ」

ここが、お試し部屋でよかった。ゴーレムがいる中でこんな致命的なミスを犯したら、確実に残機数を失っていただろう。

○○○

お試し部屋に転移されてから三十分、私たちは使用可能なスキルを完全に理解できた。やはり、魔力を使用せず、鍛錬により身体に刻み込まれた剣術や体術、足技といったものに関しては、全て使用可能だ。ただし、ステータス数値が150に固定されている以上、普段通りの力は発揮できない。アッシュさんとリリヤさんの二人は能力的に近いから問題ないだろうけど、私の場合、MAX数値の約十七分の一になっているから、慣れるまでにかなり苦労したよ。

「よし、一通りのことは試したかな。剣術や足技ほどではないけど、『気配察知』も少しだけ使えることがわかった。これに関しては実際にダンジョンに入ってからでないと有効に活用できるかわからないのが、少し残念だね」

アッシュさんが『気配察知』を使えるか色々と試したんだけど、結局わからずじまいだった。たまたま、振動が聞こえてきたから、耳を澄まして気配を窺ったら、ほんの少しだけ感じ取れたんだ。扉が閉まっているせいで、有効範囲が全くわからないままだから、実戦で試すしかない。

「魔法『クエイク』は、詠唱を唱えなくていいのが長所だね。でも、注意すべき点もある。それは、自分たちが穴に落ちてはいけないということ」

アッシュさんが使用した際、縦横深さ全てが三メートルの大きな穴が開いた。『身体強化』スキルや風魔法が使用できない以上、私たちがここに落ちたら絶対に抜け出せない。しかも穴は十秒で塞がるから、落ちたら最後生き埋めとなって、圧迫死か窒息死となるだろう。

ここで注意すべき点は、穴が開いてから十秒で塞がりはじめ、完全に塞がるまではそこから五秒を要するということだ。このクエイクの一連の流れを頭に叩き込んでおかないと、私の秘策は失敗してしまう。

「うん、そこは気をつけるべき点だよね。私もシャーロットも、クエイクのタイミングに関しては完璧に掴んだから大丈夫。あの秘策を使って、ゴーレムたちを驚かせよう!!」

アッシュさんもリリヤさんも、やる気十分だ。マジックポーションで魔力を回復させ、その後昼食をとったことで気力も充実している。

「お二人とも、まずは地下一階でゴーレムにクエイクを試しましょう。ゴーレムが穴に落ちたとしても、そこから這い上がってくる可能性がありますから」

「あ、そうだね。アイリーンさんも、地下一階と地下二階は欲望を除外すれば比較的楽だから、慣れておきなさいと言ってたもん。準備は万全、行こうよ!!」

よし、ここからが本番だ。アッシュさんが入口となる大きな扉へ近づいていく。

「シャーロット、リリヤ、扉を開けるよ？　心の準備はいいかい？」

「「はい!!」」

扉を開けると、そこには広い洞窟のような空間があった。入口となる扉が中心となって、扇形を形成しており、四つの進行ルートがある。全ての通路がほぼ同じ大きさとなっているから、ここは左から順に確認すべきかな？

「結構、広い空間だね。ゴーレムたちの身長が三メートルもあるから、天井を高く設定しているのかな？」

「地下三階でも、天井だけは無駄に高かった。冒険者側としては、開放感があるから嬉しいよ」

リリヤさんとアッシュさんが周囲を観察しているとき、遠くから振動音が聞こえてきた。

——ズウゥウーーン！

——ズウウゥウーーーーン!!

この振動音、少しずつ大きくなってない？

「この音、ゴーレムの足音だ。さすがに遠すぎて気配を感じ取れないな。どうする？　ここは広い扇状の空間だから迎え撃つこともできるけど、先に進んでみる？」

「ねえアッシュ、音が段々と大きくなっているような？」

確かに、反響してわかりにくいけど、ドンドンという足音が明らかに大きくなっている。

「これは……ここに来ますね。方向は、左端と左から二番目の通路です。クエイクを試す絶好の機会ですから、早速やってみます。私は左端を担当させてもらいます」

「シャーロットがやるなら、私が左から二番目をやるね!!」

「わかったよ。二人とも、気をつけろよ」

私とリリヤさんが、互いの担当する通路の正面に構えると、私の方はエンチャントゴーレム一体がやってきた。移動速度は、大人の歩行速度と同じくらいか。ゴーレムたちの移動速度をきちんと考慮して、魔法を放つのなら……

「よし、ここだ!!　クエイク」

「え、シャーロット、早くないか!!」

アッシュさんは私とリリヤさんの後方から見ているため、タイミングがわかるのだろう。現在のゴーレムとの距離は、確かにやや離れているけど、クエイクの穴が塞がる時間も考慮すると、これでいいはずだ。

「あ、私の方もエンチャントゴーレムを一体確認できたよ!! 早速、クエイクを使ってみるね」

リリヤさんの方も、少し遅れて来たようだ。私の方は、多分大丈夫だと思うけど、少し後方に下がって様子を見よう。

「アッシュさん、ジャンプして襲ってくる可能性もありますから、警戒を緩めないでください」

体長三メートルのエンチャントゴーレム二体は速度を緩めることなく、穴に近づいてくる。

——ズウウウウウーーーーン!!

やった、穴に嵌まってくれたよ!! そして穴へ落ちた瞬間、穴が塞がりはじめ、ゴーレムは這い上がることなく、そのまま土に埋もれていった。あ、塞がった地面に、エスケープストーンが一個置かれている。ラッキー、早速ゲットできたよ!!

——ズウウウウウーーーーン!!

「こっちも終わったよ〜〜〜って、這い上がってきてる〜〜〜〜!!」

リリヤさんの叫びに、私たちが急行すると、ゴーレムが這い上がってこようとしている。しかし、穴が塞がりはじめているため、結局右腕だけが残り、ゴーレムを討伐できた。そして、残った右腕も砂のように崩れ出す。

「た、助かった〜〜〜」

リリヤさんは相当焦っていたのか、地面に尻餅をついてしまう。

「そうか、塞がりはじめるタイミングも考慮して、シャーロットは早めにクエイクを使用したのか。シャーロットと比べると、リリヤはやや遅かった。それだけの差で、ここまで結果が大きく異なるのか。僕も気をつけないと」

エンチャントゴーレムが一体だけなら問題ないけど、複数で襲ってきたとき、穴に嵌まったやつを踏み台にして、私たちに襲ってくる場合もあり得る。想定外のことが起きても、あまり驚かない方がいいね。

19話　ユアラと土精霊からの挑戦状

ケアザさんとハルザスさんから教えられたことだけど、ダンジョンの各階層に配備されているゴーレムの数は、最低五体以上となっている。五体を下回った場合、必ずどこかで新たなゴーレムが生まれる。これは、帰還した冒険者たちから寄せられた情報を基に得られた確定事項だそうだ。

ちなみに、宝箱を開けたことによって生まれたゴーレムは、その階層に人がいなくなると消えてしまうらしい。つまり、私たちが目指している今の地下三階には、ゴーレムは五体しかいないことになる。

そして現在、私たちのいる地下一階にも、ゴーレム五体はどこかにいるということになる。地下一階は、普通の洞窟に限りなく近い。地面も凸凹しているため、結構歩きにくい。焦って走り出したら、転倒する危険大だろう。

「よし、宝箱の中身はエスケープストーンだ。これで、人数分揃ったね。リリヤ、シャーロット、僕がアイテムを取った瞬間、ゴーレムが急に現れるかもしれない。周囲を警戒しておいてくれ」

「「了解」」

ここは一本道のため、私とリリヤさんはアッシュさんを中心として、反対の方向に分かれ、気配と聴覚を研ぎ澄ます。地下一階を探索してから一時間、人の欲望を掻き立てると言われているだけあって、宝箱があちこちにあった。宝箱一個からアイテムを取り出した瞬間、新たなゴーレムが一体発生する。現在、この階層にいる冒険者は私たちも含めて十二人。最低でも三体増えているはずなんだけど、ここまでに遭遇したゴーレムの数は二体だけ。多分、各々が各個撃破しているため、遭遇率もそう高くないのだろう。ゼガルディーの騒動以降、訪れる冒険者も慎重に行動しているみたいだね。

「アイテムを取ったよ。シャーロット、そちらの状況は？」

「私の方向からは、異常を感じません」

「アッシュ、こっちも異常なしだよ。ちょっと、拍子抜けかな。欲望の試練とかいうから、かなり警戒していたけど、銅や鉄なんかいらないわ」

「リリヤ、それは仕方ないよ。僕たちの目的は、地下三階のあの場所に行って、秘策を試すこと。それに金銭的な余裕もあるから、仮にミスリルとかを見つけても、サクッと無視できるし」

私たちの場合、超貴重なオリハルコンを見つけたとしても、多分目もくれないだろう。なぜなら、『ホワイトメタル』があるからだ。ホワイトメタル製の『簡易着物』と『短剣』の頑丈さと斬れ味を常に見ているし、制作者である私自身がともに行動しているので、いつでも入手可能だ。そのため、オリハルコンやヒヒイロカネなどの貴重性がかなり薄れている。

「僕が、三個目となるエスケープストーンを持つね。リリヤとシャーロットも、さっき入手したものを絶対になくさないように。もし、僕たちの誰かが単独行動となり、危険な状態になった場合、即座に使うこと」

「うん、残機数の予備が一機しかないもんね」

ユアラがまだ監視している場合、なんらかの意外な方法で私たちを分断させることもあり得る。焦らず、慎重に攻略していこう。

○○○

結局大きなトラブルもなく、私たちは一日かけて、地下一階と地下二階層を突破した。エスケープストーン以外の宝箱には目もくれず、ひたすら攻略に突き進んだこともあって、心も身体も余裕がある。地下二階層のセーフティーエリアで豪華な夕食を食べて英気を養い、私たちはついに鬼門となる地下三階へと到着した。

ここに来るまで三組の冒険者と出会えたことで、重要な情報を一つ入手できた。事前に聞いた情報通り、冒険者全員が地下三階以降の攻略を控えている。実際、ステータスで確認したところ、この階層にいる冒険者は三名、つまり私たちだけだ。

「ここからは、何か違う。一見、これまでの階層と似ているけど、空気が重いというか……」

「アッシュの言いたいことわかるよ。ケアザさんも言っていたけど、ここからはミスリル以上の希少金属も入手しやすくなるから、凶悪な罠が待ち構えているって」

罠……か。『人族叩き機』がこの階層にあるのだから、他にも色々と用意されているはず。ここは、慎重に行動していこう。

「ここまで来たのですから……どんな罠が来ようとも、立ち向かうしかありませんね」

正直、ちょっと怖いけど。

「まずは、秘策が成功するかどうかだ。セーフティーエリアを探しながら、制限時間に気をつけつつ、見つけた宝箱をマジックバッグに入れていこう」

ここからは、秘策の下準備だ。

『『ピコン』』

「「え!?」」

今、三人が同時に言ったよね？　ステータスの更新音が三人同時に聞こえたんだ。

「あ、僕のステータスが勝手に開いた!?」

「私もだ!!」

「私も、勝手に開きましたね。これは……遺跡管理者でもある土精霊様からのメッセージです」

今から動き出そうというタイミングでメッセージを送ってくるのだから、何か重要なことが記載されているはず。とりあえず読んでみよう。

『シャーロットと愉快な仲間たちへ

初めまして、僕はこのダンジョンを統括する土精霊だよ。ユアラが絡んできたせいで、色々と不快な思いをさせちゃったね。君たちの現在位置は地下三階、そして冒険者の数は地下三階以降、誰一人いない。この際だから、君たちの心を試させてもらうよ』

う、やっぱりそうきたか。続きがあるから全て読んでおこう。

『ここ以降の階層は君たち用に変更しておいたけど、その途中で面白い……というかムカつく……というか……とにかく君たちを試せるものを発見したんだ。これは、間違いなくユアラの置き土産だよ。それはそのまま利用することにした』

そうきたか〜〜〜!! それをわかった上で、精霊様は使う気なの? 彼女は、精霊様の好奇心をくすぐるようなものを置いていったのかな?

『多分、君たちも不快な気分に陥り、惑わされると思う。だからこそ、君たちの心を試すんだ。君たちは、地下三階で残機数を大幅にアップさせる秘策があるんだよね? サービスで、この階層だけは地形も罠も以前のままにしているから、どんな秘策なのか楽しみにしているよ。それじゃあ、頑張ってね。最下層で会おう』

ラッキーなんだか違うんだか。でも、『私たちを試す』——ここで引き返すも進むも私たち次第か。

「これは、土精霊様とユアラからの挑戦状と受け取っていいですよね？」

私はこの挑戦を受けるつもりだけど、二人はどうだろう？

「アッシュ、シャーロット、私はこの挑戦を受けたい!!　ユアラが里を裏切ったとき、あいつは子供のように笑っていたの。その行為が里の命運を左右するかもしれないのに、あいつは私を見て笑った!!　絶対、許せない!!　あいつにだけは負けたくない!!」

いつになく、リリヤさんの心が荒ぶっている。里での戦いは私たちの勝利に終わったけど、彼女自身にとっては敗北なんだ。

「私もユアラを許せません。彼女が私たちに何かを残しているのなら、受けて立ちたいです」

あとは、アッシュさんの意見を聞くだけだ。私たちが彼を見つめると——

「参ったな、僕の言いたいことを全部言われたよ。もちろん、僕も挑戦するよ。ただし、残機数を大幅にアップできたらの話だけどね」

おっと、そうだった。私たちの残機数は心許（こころもと）ないのだから、ここで大幅にアップさせないと先に進めない。

「それじゃあ、残機数大幅アップのため、『ウチワ掘り作戦』を開始しましょう!!」

「ああ!!」

「うん!!」

この作戦は、そのときの人数と特殊な地形が噛（か）み合わなければ、確実に失敗する。今回、地下三階のセーフティーエリア周辺の地形こそが、この作戦の要（かなめ）となるのだ。

20話　ウチワ掘り作戦開始!!

土精霊様は、ユアラの残したシステムを利用して、私たちの心を試すと言っていた。人を試そうとしているのだから、私たちがそのシステムを利用して荒稼ぎしても文句を言えまい。これから実行する『ウチワ掘り作戦』が上手く発動できれば、管理者側の心を間違いなく叩き折れる。成功した暁には、再度連絡してくるだろう。

まず、これが使える地形だけど、この地下三階のセーフティーエリアは、入口を出るとすぐに三つの道に分かれている。その上で……

『ウチワ掘り作戦：前半』

一）周辺に落ちている宝箱を、手当たり次第にマジックバッグへ限界まで放り込む。宝箱の大きさ・魔力量・荷物との兼ね合いもあって、収納できる数は一人二十個前後だろう。

二）三叉路の交点となっているセーフティーエリア入口まで移動する。

私たちが手当たり次第に宝箱を収納しはじめてから二時間弱で、目的となるセーフティーエリアへ到着した。宝箱に関しては制限時間で消滅されないよう、定期的に外に出しているため、今のところ一つも消滅していない。

　ここに来るまでに、『人食い箱ゴーレム』や『道案内ゴーレム』と遭遇したのだけど、これまでと違ったパターンで私たちを攻撃してきたので、かなり動揺したよ。

　人食い箱ゴーレムは頭が宝箱と酷似していた。アッシュさんが拾い上げようとしたら全然持ち上げられず、三人がかりで必死に持ち上げようとした瞬間、いきなりボコッと全体像を現したんだよ。正直かなり驚いたけど、ギリギリ手で触れられることなく倒すことに成功した。

　道案内ゴーレムは身長一メートルほど、顔も身体も完全に幼児で、『お兄ちゃん、お姉ちゃんたち、僕がセーフティーエリアへ道案内してあげる』と純真無垢な瞳で言ってきた。喋り方も幼児と同じであったせいで、アッシュさんとリリヤさんが見事に引っかかり、思わずゴーレムの手を握ろうとしたが——私の一喝で踏みとどまる。二人とも我に返り、ゴーレムから離れた瞬間——「ちっ、もう少しで殺せたのに!!」と叫ぶと、表情を一変させ、いきなり私の方へ襲いかかってきた。もちろんクエイクで応戦し、穴に落としたのだけど、潰されるまでの間、少しからかってみた。

「悔しかったら、ここまで這い上がってきな……チビ!!」

　私のこの一言で、相手はキレた。

「潰す!!　シャーロット、許さない!!　必ず、潰してやる!!　覚えてろ!!」

　と大声で叫びながら潰されていった。

「よかった〜三叉路とも、道幅三〜五メートルほどだよ。これなら、ウチワ掘りを実行できるね」

　リリヤさんの言葉に、私とアッシュさんは再度三叉路を見渡す。

「ああ、これなら大丈夫だ。僕は二十二個の宝箱を集めたけど、二人はどうかな？」

「私は十九個の宝箱を収納できたけど、シャーロットはどう？」

「私は二十個です。合計六十一個ですか。初めてのウチワ掘りですから、各自五個ずつ宝箱を開けましょうか？」

まずは、この作戦に心と身体を慣れさせないとね。

「そうなると、新たに出現するのは十五体か。セーフティーエリア周辺の道に関しては、宝箱を探しながら覚えておいた。たとえ、僕たちのすぐ近くに現れたとしても、三人全員が冷静に対処できれば、残機数を失うことはない」

土精霊様は、地下三階に関しては以前のままと言っていた。ゴーレムの目的は、冒険者を殲滅(せんめつ)すること。しかし前回、私たちという冒険者がセーフティーエリア内にいたにもかかわらず、なぜか散開するというありえない行動をとっていた。おそらくだけど、このセーフティーエリアには隠されたもう一つの役割がある。

それは、『部屋にいる限り、冒険者は存在を魔物に認識されなくなる』というものだ。だからこそ、前回の転移で訪れたとき、彼らは散開したんだ。

そして、この階層で六体のゴーレムと戦ったけど、全員がアッシュさんを見ても無反応だった。多分、人族叩(たた)き機のところで笑い飛ばした記憶が引き継がれていない。

私の仮説通りなら、『ウチワ掘り作戦』は間違いなく成功する。

「よし、初めは各自五個の宝箱を所定の位置で開けていこう。ついでだから、アイテムも入手しよう」

「やろうよ、ウチワ掘り作戦!!」

アッシュさんもリリヤさんも、やる気十分のようだ。土精霊様にもユアラにも負けてたまるかという気迫が、私にも伝わってくる。

「ええ、必ず成功させましょう」

ある意味、ユアラには感謝だね。セーフティーエリアの前がこの三叉路になっているのを事前に見たからこそ、ウチワ掘りを考案できたのだから。さあ、作戦の後半を始めよう!!

『ウチワ掘り作戦：後半』

一）各自が三叉路の道を別々に、セーフティーエリアから三十メートルほど歩いていき、宝箱を五個ずつセッティングする。

二）その後、再度セーフティーエリアに集まり、ステータスの時刻を見て、宝箱一斉開放の時刻を決める。

三）宝箱を一斉に開放し、アイテムをマジックバッグに詰め込む。

四）フロア内にいるゴーレムたちを誘き寄せるため、大声でやつらの悪口を言いまくる。フロア全体には届かないけど、ゴーレムの総数が元々の五体プラス宝箱を開けた分の十五体――合計二十体もいるのだから、一体くらい気づくはずだ。彼らは情報を共有できるため、一体が気づきさえすれば、残り十九体にも伝わるだろう。悪口を言われて怒っているから、きっと

全員が一斉に押し寄せてくる。

五）各自が道のど真ん中に立ち、タイミングを見計らい、一斉にクエイクを連続使用していく。クエイクの消費MPは五、縦横深さ三メートルの穴で地面を崩すように十回使用し、三叉路全てに大穴を開ける。

六）多少の誤差はあると思うけど、三人が三叉路の交点で合流したら一斉にセーフティーエリアの中へ入り、クエイクで交点となる場所にも穴を開けてから扉を閉める。その後、気配を窺い扉を開け、外の状況を確認する。

これがウチワ掘り作戦の全貌だ。この三叉路の形状が日本の団扇の骨格と少し似ていたから、作戦名に使わせてもらった。

三十メートルなのは、クエイク一回で三メートル幅の穴が開き、ゴーレムを十体倒せば一機増えるからだ。

〇〇〇

全ての準備が整ったため、私たちはエンチャントゴーレムの気配を窺いながら別行動を開始する。三人全員が各自の宝箱設置位置を確認しており、きっかり三十メートルは無理でも、三人ともセーフティーエリアからほぼ同じ距離に宝箱を置けていることだけは把握できた。

セーフティーエリアから見て、この三叉路は三十メートルほどの直線となっており、その間に交差点などもないため、作戦を行うには絶好の立地条件となっている。ただ、テレパスや簡易型通信機などの通信手段も、魔力が関わっているため使用不可となっている。アッシュさんとリリヤさんの奴隷契約による通信も同じだ。ゆえに、宝箱開放時刻を決めておいたのだ。その時刻まで残り一分である。

「さて、タイミングを誤らないよう、クエイクを使用しないと……時間だ、作戦開始!!」

私は、宝箱五個を開き、アイテムの鉱石類やエンチャントストーンをマジックバッグへ放り込む。

ここからは、ゴーレムへの悪口なんだけど、なんて言おうかな?

「おーーーーい、お前たちの敵は、ここにいるぞーーー。お前らは、ダンジョン最強の魔物なんだろう? 僕たちは、お前たちを殺戮する手段を知っているんだ。だから、僕たちにとってお前たちは格好の餌なんだよ。『最弱君』!!」

アッシュさんの声が反響して聞こえてくる。軽めに、彼らを煽っているよね。でも、最後の言葉だけは結構心に響くと思う。

「ゴーレムさ～ん、悪いけどあなたたちを殺戮して、残機数を大幅にアップさせてもらうね～～。今の私たちにとって厄介なのはユアラであって、雑魚のあなたたちじゃないの～～。雑魚は雑魚らしく、スカッと私たちの餌になってね～～～～」

リリヤさんは、『雑魚』『雑魚』と。私も負けてはいられない。心を抉る言葉を言い放とう。

「所詮、お前らはダンジョンでしか生きられないんだよね～～～。ここで出現するのはお前らだけだから、一応名ばかりの最強の魔物だよね～～～。ねえ、ダンジョン限定の最強君、私にミスリルの屑をくれないかなーーーー。大人しく私の餌となって、ミスリルの屑を落としてくださーーーーい。あと私に潰されたチビゴーレムども、復讐したければいつでも来なさい。まあ、またプチッと潰されるのがオチだろうけどね～～～ズンドウゴーレムとチビゴーレム～～～私たちはセーフティーエリアにいるよ～～～」

聞こえてるかな？　普通の魔物なら激怒する内容だよ。

うん？　地面が揺れている？　これは、振動音だ。くくく、お馬鹿なゴーレムたちが私たちの安い挑発に、まんまと乗せられたようだ。振動音が、どんどん大きくなってくる。ふふ、ウチワ掘り作戦の決行だ!!　私の前方から、エンチャントゴーレムの集団が見えてきた。道案内ゴーレムも数体いるね。多分、合計で七～八体くらいいるかな？

「「コロスコロスコロスコロスコロスコロスコロスコロスコロスコロス」」

怖っ!?　全てのゴーレムが言ってるよ。うーむ、完全に彼らを怒らせたようだ。ここまで、道案内ゴーレム以外は誰も喋らなかったけど、やはり会話可能なのね。問題はここからだ。　タイミング的に、そろそろかな。

「大群で押し寄せてきたね。ほれほれ、ズンドウとチビども、ここまでおいで」

あ、進軍速度が速まった。過剰に怒らせるのも禁物だね。でも、自分を見失っている様子だから、こっちの好都合。あ、そろそろかな？

「クエイククエイククエイククエイククエイククエイククエイククエイククエイククエ

イク」

私はクエイクを使用しながら少しずつ後退していく。手始めに、セーフティーエリアまでの道を全て崩していく。

「「「コロスコロスコロスコロスコロスコロスコロスコロスコロスコロス」」」

ここで、セーフティーエリアの交点に到着だ。う〜ん、怒りに支配されているからか、全ゴーレムが穴に落ちても速度を緩めず進軍してくる。あ、少し遅れて、アッシュさんとリリヤさんが来た。

「シャーロット、やつらを怒らせすぎだ。最後の『ズンドウ』と『チビ』だけは、いくら本当のことでも言わない方がよかったんじゃないか？」

「そうだよ。あの言葉で、進軍速度が上がったよ」

「「「アッシュ潰す（つぶ）アッシュ潰す（つぶ）アッシュ潰す（つぶ）アッシュ潰す（つぶ）アッシュ潰す（つぶ）」」」

「え、なんで僕なの!? そこはシャーロットだろ？」

それは今、『ズンドウ』と『チビ』だけを強めに言ったからです。

「そろそろここへ到着しますので、最後の締めといきましょう」

三叉路全て、幅三十メートルの巨大な大穴が開いている。そこに、合計二十体のゴーレムが押し寄せているため、壮観な眺めとなっている。名残惜（なごりお）しいけど、私たちは一斉にセーフティーエリアに入り、アッシュさんが最後のクエイクを使用した後、扉をゆっくり閉じていった。

――ゴーーーーーーーン!!

「ひい!! ゴーレム同士が目の前でぶつかって、私たちを……というか、シャーロットとアッシュを凝視しているよ!!」

「なんで僕まで!?」

「想定以上に、彼らを怒らせてしまったようですね。ゴーレムさん、潰れてアイテムをたくさん落としてくださいな。さよ〜〜なら〜〜」

私は、軽く右手をバイバイと振っておく。

「「「シャーロット、卑怯卑怯卑怯卑怯卑怯卑怯卑怯卑怯」」」

そこまで連呼することないだろうに。彼らの最期を見届けることなく、私たちは扉を閉じた。外からは、ゴーレムたちの最後の咆哮が聞こえてくる。

「シャーロットは、魔物を怒らせる天才だよ。でも、いくら存在が認識されないとしても、憎しみの残滓がある状態で再出現すると、すぐにここへ駆けつけてくるかもしれない。ある意味、やつらの行動を試せるいい機会かもしれないけど、かなり怖い賭けだよ」

アッシュさんは、私を褒めているんだよね？　どことなく貶しているようにも聞こえる。

「ねえ、ゴーレムたちの呻き声が聞こえなくなったよ？　どうする、扉を開ける？」

「リリヤ、開ける必要はないよ。二十分ほど、様子を見よう。ここは安全圏だし、今は疲労を回復させることが先決だ」

アッシュさんの言う通り、初めての試みでもあるから、三人とも精神的にかなり疲弊している。一歩間違えば、残機数の消滅に繋がるからね。扉を開けたら、どんな結果が得られるのか、少しドキドキするよ。どうか、私たちの望む展開になりますように。

21話　『土精霊の懇願』と『ユアラの卑劣な分断』

三十分ほど経過したところで、私たちはセーフティーエリアを出た。かなりドキドキものだったけど、周囲にはエスケープストーンやミスリルの屑などが散乱しているだけで、ゴーレムは一体もいなかった。一斉に倒したから、情報共有もできずに、ウチワ掘り作戦のこととかも知らないんだろうね。

「アッシュ、三十分経過しても、新たに出現しているはずの五体のゴーレムがいないよ。凄い、シャーロットの仮説通り!!」

「ああ、作戦成功だ。これなら、残機数を大量にアップできる!!」

「お二人とも、このままウチワ掘りを続けますか？」

「「当然!!」」

ふふ、作戦が成功したことで、私たちの覇気は何倍にも引き上げられた。土精霊様が謝ってくるまで、思う存分残機数をアップさせてやる。

その後、私たちは――『料理と必要最低限のエスケープストーン以外のアイテム類を全部セーフティーエリアへ残しておき、宝箱を限界まで収納してからウチワ掘りを実行する。宝箱がなくなったら、また限界まで収納しウチワ掘りを行う』、を決行。一度の作戦で発生させるゴーレムの数は三十体と固定し、このルーティーンを何度も何度も繰り返した。

この中で、唯一イレギュラーな動きを見せたのが『道案内ゴーレム』だ。この子だけは知能も高く敏捷性もあるため、他の巨大ゴーレムと違い、機敏な動きで私たちを狙ってきた。けど、所詮は小さな子供。穴へ落ちていく巨大ゴーレムを足場にしてジャンプし、私たちのところへ到達しようとしたけど、着地地点を予測して、事前に後退して穴を開けておけば余裕で回避でき、彼らは潰されていった。その都度、彼らはこう言う。

「くそが!! くそが!! くそが!! くそが!! 許さん、許さん、許さん、許さん!!」

情報共有できないせいで、毎回毎回同じことを言うから、私たちも段々と慣れてきた。そして、個々のゴーレム討伐数が二百体を超え、私たちの残機数が二十三機と大幅にアップし、セーフティーエリアで休憩をとっているとき、土精霊様からのメッセージがステータスに届いた。

『ごめんなさい、ごめんなさい、ごめんなさい。地下三階での勝負は、君たちの大勝利です。その部屋を出た瞬間、地下四階入口へ転移するようセットしましたので、もう残機数をアップさせないでください。システムが崩壊してしまうので、鉱石類をダンジョンからむしり取らないでください。ウチワ掘り作戦を冒険者たちに広めないでください。お願いします、お願いします、お願いします』

土精霊様が、本当に謝ってくるとは……

「そういえば残機数をアップさせることばかり考えて、入手した鉱石類の整理を全くしていませんね」

「「あ⁉」」

アッシュさんもリリヤさんも、私と同じですか。私はこれまでに約二百三十個の宝箱からアイテムを入手していたけど、希少金属はあるのだろうか？　二人と話し合いながら金属を整理していくと、なんと『オリハルコン』と『ファルコニウム』を大量入手していたようで、一人分の武器防具を製作できる量があった。

「ねえアッシュ、シャーロット、これだけ残機数も増えて、希少金属も入手したのだから、ゴーレムを倒すのはもうやめようよ。なんか、あの子たちが気の毒に思えてきたし、地下四階へ進もう」

リリヤさんの訴えもわかる。私たちは残機数のアップばかりを考えて、六百体以上のゴーレムを倒してしまった。さすがに、もういいかな？

「あ、リリヤ、シャーロット、土精霊様から新たなメッセージが届いたよ。……え⁉　完全攻略したらこんな凄(すご)いものを貰(もら)っていいのか？」

アッシュさんがかなり驚いているようだけど、どんな内容なのだろう？

『君たちが、僕のいる最下層まで残機数を一つも失うことなく到達できたら、素晴らしい賞品をあげるよ。シャーロットには「最上位回復魔法マックスヒール」、アッシュとリリヤには「回復魔法リジェネレーションとマックスヒール」、ユニークスキル「ウィスパーガーディアン」を進呈(しんてい)する。あと、三人共通で火魔法「ボム」もあげるよ』

欲しい‼　回復魔法の最上位マックスヒールは、光精霊様に好意をもたれ、認められたものだけが入手できる魔法だ。ただし、病気を完治させ、身体の欠損部位などを瞬時に完全回復させる効能を持っているものの、その扱いが非常に難しい。『魔力感知』『魔力操作』『魔力循環』の基本スキルがレベル8以上ないと使用不可となっている。

『アッシュとリリヤの二人は、スキルレベルが不足しているから、すぐには使用できないけど、十分なご褒美でしょ？「ウィスパーガーディアン」はダンジョンに入り、罠などの危険な存在が近くにあった場合、事前に場所と解除方法を教えてくれたり、危険な攻撃を事前に回避する方法を教えてくれる優れものさ。入手したら、「罠察知」「罠解除」「危機察知」スキルがレベル10になるよ』

ウィスパーガーディアン、今の二人にとって、喉から手が出るほど欲しいものだ!!

「土精霊様、残機数を失うことなく完全攻略できたら、本当にそれらをいただけるのですね？」

『シャーロット、僕たち精霊は嘘をつかないよ。約束は、必ず守る。その代わり、ウチワ掘りを広めないでほしい』

いくら改装を行っても、構造次第ではウチワ掘りが実行可能となるだろう。それを防ぐために、ゴーレムの知能を引き上げたら、今度はクエイクが意味をなさなくなるにちがいない。

「わかりました、私たちも約束を守ります。アッシュさんもリリヤさんも、いいですよね？」

「もちろんさ、こんなご褒美をくれるのなら、僕たちだけじゃなくて、アイリーンさんにもお願いして約束を必ず守らせるよ!!」

「私も守るわ!!」

三人の意見が一致したね。

『ありがとう。地下四階以降、ユアラの残したシステムを利用するから、不快な思いをするけど、僕に怒らないでね。それじゃあ、頑張って』

土精霊様からのご褒美、なんとしても入手したい。そのためにも、地下四階へ進もう!!

○○○

土精霊様からまさかの懇願メッセージが届いたこともあって、私たちの気分は非常にいい。疲れを癒すべく、一日休養をとった後、私たちはいよいよセーフティーエリアを出て地下四階へと駒を進めることとなる。ここからユアラの残したシステムが私たちに襲いかかってくるからか、アッシュさんもリリヤさんも緊張気味だ。

「お二人とも、心の準備はいいですか?」

「僕は大丈夫」

「私も、緊張しているけど大丈夫だよ」

私たちは心を引き締めて、扉を開けた。

「ここが地下四階ですか?」

「空気が重くなった? 壁の色も茶色から灰色へと変化している」

「でも、それ以外は地下三階と大差ないよ?」

私たちの後方にあったセーフティーエリアの扉が消えて、地下三階へと続く階段が現れた。ここ地下四階入口には、左右二つに分かれたルートがある。方向が真逆であるため、どっちに進むか迷うね。どちらのルートも、天井が高く、幅も地下三階より広い。

「アッシュさ〜〜ん、リリヤさ〜〜ん、こっちには何もありませんよ〜〜〜」

「え、私の声!?」

突然私の声が、左側の大きな通路から聞こえてきた!!

「シャーロット〜〜、こっちにも目新しいものはないよ〜〜〜」

「今度は、右側から僕の声が聞こえてきた!!」

「一旦、入口で話し合おうよ〜〜〜」

「私の声も、アッシュと同じ右側から聞こえてきた!! 音が、どんどん近づいてくるよ!!」

この振動音は、巨大ゴーレムのものだ。どんなのが現れるのだろう? 私は左側、アッシュさんとリリヤさんは右側をじっと見つめる。あ、姿がうっすら見えてきたよ!! 三体のゴーレムが姿を完全に現した瞬間、私たちの言葉がハモる。

「「「潰す!!」」」

ユアラは、人の神経を逆撫でする天才だよね!! 左側から、私の髪色、長さ、服装を模したシャーロットゴーレム、右側からは私と同じくアッシュさんとリリヤさんを真似たアッシュゴーレムとリリヤゴーレムが現れたのだ。

「アッシュ〜〜〜、二人で〜〜もっと遠くに行こうよ〜〜〜」

うわあ〜〜、リリヤゴーレムが内股でクネクネしながらアッシュゴーレムに甘え出し、ピタッとくっついたよ。リリヤさんの方を見ると、顔が見る見るうちに真っ赤となり、コメカミに血管を浮かべている。

「潰す!!　私は、そんな気持ち悪い言い方をしない!!」

「リリヤ!?」

リリヤさんが右側へと歩き出したことで、アッシュさんもついていく。

「アッハハ～～～、お二人とも仲良しさんですね～～～」

あの私を模したゴーレムの動作に腹立つ!!　リリヤゴーレムと同じく内股となって、顎を両手に乗せてクネクネ動きながら喋っているよ!!

「私は、そんな気持ち悪い動きをしない!!」

あのゴーレムだけは潰す!!　私は左側の通路へ向けて歩き出す。

「ちょっと、シャーロットまで!?」

私とアッシュさん・リリヤさんとの間に、少し距離が空いた瞬間、それは起こった。

——ズウウウウウウーーーーーーーン!!

なんと、巨大な壁が天井から落ちてきたのだ!!　しかも、通路を塞ぐほどの大きさだったため、私たちは分断されたことになる。

「嘘!!　アッシュさん、リリヤさん、聞こえますか!!」

私が大声を出しても、なんの返事もない。この壁自体がぶ厚すぎるんだ。

「アッハハ～～～おっぱかさ～～～ん、まんまと術中に嵌まったね～～～～」

シャーロットゴーレムの声が、私からユアラのものに切り替わった!?

「ユアラ!!」

「この声は事前に録音したものだから、文句を言っても無駄でーーーーーす」

あの女〜〜〜〜!!

「今すぐ、潰してやる!! 覚悟しなさい!!」

分断されたことを悔やんでも仕方ない。この階層のセーフティーエリアで合流すればいいだけだのこと。今は……こいつを潰すことだけに集中だ!!

「ここまでおいで〜〜〜〜〜おチビさん」

声が、私に戻った。自分の声で馬鹿にされるのもムカつくよね!!

「おいズンドウゴーレム、あなたがこっちに来い。私が八つ裂きにしてやる!!」

「おっ馬鹿〜〜〜、クエイクで落とされるのがわかっているのに、わざわざそっちに行かないよ〜〜〜〜」

この階層のゴーレムは、上の階層のものよりも知恵がついている設定にされているんだね。腹立つな〜。

「この!! 私を模した姿で、おしりぺんぺんするんじゃない!! あ、待て!!」

ゴーレムが左側の通路に入って、走り出していく。

「あははは、ここまでおいで〜〜〜」

アッシュさんたちと合流できない以上、私は左側の通路に進むしかない。あのゴーレムの速度は私よりも遅いからか、次第に追いついてきた。もう少しで……もう少しで届く……今だ!!

「クエイク」

「シャーロット〜〜まだ追いつかないの〜〜〜え？」

——ドーーーーーーン！

よし!! 私の放ったクエイクが作動して、大穴がゴーレムの前方に現れた。突然のことで、ゴーレムも避けきれず、その穴にはまる。

「なんで、穴がここに!?」

いちいち、私の声で喋(しゃべ)らないでほしい。

「あははは。地下三階のセーフティーエリアで、クエイクの発動可能距離を調査しておいてよかったよ。クエイクを使用するときだけ、魔力が働くからね。魔力を通常よりも多く込めて発動させれば、発動距離を広げることができるんだよ」

「くそ!! せっかくだから、いいことを教えてやる。私が死ねば、ユアラが仕掛けた罠(わな)が発動する。その罠(わな)に嵌(は)まって、悔しがるがいい!! あはははは」

ゴーレムは、何かのフラグを言い残し、盛大に笑いながら埋(う)もれていった。最後の言葉、苦し紛(まぎ)れの一言じゃなさそうだ。何が起こるの？ そのとき、私の後方から何かが崩れ落ちていくような振動音が聞こえてきた。

「この音の正体は何？」

後ろを振り向くと、なんと地面が入口近くからこちらに向かって崩れ出していた。このままだと巻き込まれる!!

「こんなの対処できないよ!!　逃げるしかない!!」

アレに落ちたら、多分私は生き埋めになって残機数を失うことになる。ユアラにだけは、絶対負けたくない!!

22話　リリヤの成長

私――リリヤの姿を模したゴーレムが、アッシュゴーレムとイチャついている。私だって、まだやったことないのに……絶対に許さない!!

「リリヤ、落ち着くんだ。相手はたかが……」

――ドーーーーーーン!!

「「え!?」」

う、耳がキンキンする。何が起きたの？　すぐ近くで、何かが落ちたような音がしたけど？　え、壁？　こんなのあったかな？　あ、地下三階への階段がなくなっているわ!!　まさか、大きな壁が天井から落ちてきたの!?　シャーロットもいない。

「アッシュ……ごめん。シャーロットと分断されちゃった」

「そのようだね。まさか、人の心をおちょくるこんな卑劣な手段を使ってくるなんてね。土精霊様が不快な気分を味わうと言っていたけど、こういう意味だったのか。リリヤ、これは仕方ないよ。

シャーロットも怒って、左の通路へ歩いていったからね。ここから頑張(がんば)ればいい」

やっぱり、アッシュは優しい。私とシャーロットのミスに対して、冷静に対応してくれているもの。普通の男なら、絶対怒って嫌味を言うはず。私も、いつかあのゴーレムと同じようにアッシュとイチャイチャ……

「リリヤ、どうかしたの？」

「は!! ううん、なんでもない。あの二体を倒そうよ」

あの二体は、私たちを見ているだけで襲ってこない。これまでのゴーレムと違うわ。

「アッシュ、あの二人は放っておいて、あっちの通路で遊ぼうよ～～～先に行ってるね～～～～」

「あはははは、リリヤ～～待て～～捕まえちゃうぞ～～～」

あの二体、とことん私たちを怒らせたいのね。

「僕は、あんな軽薄な男じゃない!! と……とにかく、やつらを倒そう!!」

「うん!!」

アッシュも、必死で怒りを抑えているわ。ここは、私も我慢よね!! シャーロットは左、私たちは右側の通路。必ずどこかでセーフティーエリアに繋がっているはずだから、そこで合流すればいい。ユアラの誘惑に、負けちゃダメ!! 行こう!!

――ズーーン、ドドドドドド!!

え？ 二体のゴーレムを追いかけて通路を走っていると、後方から何か大きな音がしたけど？

私たちが後ろを振り向くと――

「「えええぇぇぇぇぇーーーーーーー」」

後方の地面が崩れていってる〜〜〜〜。アレに落ちたら、私たちはどうなるの？

「リリヤ、とにかく走るんだ!!」

「うん……て……アッシュ、前からゴーレム二体が襲いかかってきたわ〜〜〜」

「アッシュ〜〜〜死ね〜〜〜〜」

「私の声で、紛らわしい!! クエイク」

「ギャ!!」

私を模したゴーレムを穴へ落としたけど、それを踏み台にしてもう一体がすぐ目の前に来て、私を捕まえようと前屈みになった。

「リリヤ、横へ回避して前に進むんだ!! 僕の真似をしたゴーレムは、後方の穴に埋もれていろ!!」

私は『俊足』スキルを使って、すかさず右側の壁面を駆け、アッシュゴーレムの隙間を抜ける。

その直後、アッシュは『縮地』スキルでゴーレムの後方へ回り込み、助走をつけて膝付近に突っ込んだことで、ゴーレムは体勢を崩して地面へと倒れた。

「よし、今のうちに逃げるんだ。アレに巻き込まれたら、僕たちもタダじゃ済まない」

「うん!!」

私たちは走って走りまくったけど、どんな曲がり角を利用しようとも、後方から聞こえてくる音は全然途切れない。もし、あの崩れていく地面にクエイクと同じ効果があるのなら、穴に落ちたら最後、私たちは生き埋めとなってしまう。

「リリヤ、後ろを見るな。スキルを使って全力で走るんだ!!　セーフティーエリアが、どこかにあるはずだ!!　見つかるまで走り続けるんだ!!」

「う……うん」

とは言っても、体力がどこまで保つかな?

あ、前方にゴーレムが一体いるわ。

「任せろ!!　『縮地』、クエイク」

――ドーーン!!

速い。『縮地』で一気に距離を縮めてからのクエイクに、ゴーレムも走ってくる勢いを消せず、そのまま穴へ落ちた。

え……でも、その向こうにも穴があるの?　どうして……まさか!?

「アッシュ、私たちは既に崩れている場所へ向かっているよ!!」

「しまった!!　何度も曲がり角を利用したからだ!!」

前方も後方も穴だ……どうする?　……そうだ!!　新しい穴の方が、もしクエイクと同じ効果があるのなら、まだ塞がるまでに時間的な余裕もあるから、後ろに戻ろう。さっき十字路を横切ったとき、右側はなんの異常もなかった。そこに行けば、新しい道に行けるかもしれない。

「アッシュ、後ろに戻って穴に落ちよう。さっきの十字路に戻れば、活路が見つかるよ!!」

「そうか、そっちの方がまだ生き残れる可能性が高いな。よし、戻ろう!!」

崩れた地面の深さは三メートルほどだから、これなら普通に着地できる。私たちは穴に落ちて、再び走り出した。

「はあ、はあ、ちょっと苦しくなってきた」

「リリヤ、セーフティーエリアを見つけ出すんだ!!　諦めるな!!」

もちろん、私だってご褒美のためにも諦めるつもりなんてない。でも、体力の限界だけはどうしようもない。ヒールを使用する暇もないから、限界が訪れる前に見つけ出さないと!!　目的の十字路に到達すると、前方の奥の方の地面が元に戻りつつある。

「はあ、はあ、はあ、アッシュ、この十字路の左はまだ行ってないから、セーフティーエリアが見つかるかも」

「行こう!!」

ずっと走っているせいで、かなり疲れてきたわ。どうしよう……足もふらついてきた。

「あれは……間違いない、セーフティーエリアの扉だ!!」

やった、ギリギリ保ちそう。

「リリヤ、もう少しだ」

後方を見ると、大きな壁がかなり近くまで迫ってきている。壁？　そうか、穴が三メートルの深さだから、壁に感じるんだ。あ、しまった!!　後ろを見たせいで、足が……もつれた!!

「痛っ!?　はあ、はあ、アッシュ、もう間に合わない。あなた……だけでも……セーフティーエリアへ」

もう、足が震えて立ち上がれない。

「諦めるな!! 僕が抱き上げる!!」

「え……きゃあ」

アッシュが私をお姫様抱っこしてくれたの!!

「はあ、はあ、入口の扉を開けるには、どのみち君を抱き上げて、僕の両手を足場にし、君がジャンプするしかない。距離も残り十メートルくらいだから大丈夫さ」

そうか、私一人じゃないんだ。アッシュと協力しなければ、この苦境を乗り越えられないんだ。私も頑張らなきゃ!!

「まずい!! うおおおお～～～間に合え～～～『縮地』、リリヤ～～今だ～～～～」

「任せて!!」

アッシュが『縮地』で助走をつけ高くジャンプした瞬間、私も彼の両手を足場にしてジャンプし、入口の扉の取っ手を掴み開ける。そして、なんとか部屋へと入った後、すぐさまアッシュに手を伸ばす。

「アッシュ～～～、ジャンプして私の手を掴んで～～～」

すぐそこの地面が塞がろうとしている。もう、時間がない!!

「ああ、『縮地』!!」

「あああ～～～～!!」

私はアッシュの手を掴み、全力で引き上げる。アッシュの身体が部屋の中へ入ったと思った瞬間、急に引っ張れなくなった。

「え……どうして、何があったの？」

「くそ、僕の左足の膝から下が地面に……」

私がアッシュの足の方へおそるおそる目を向けると、彼の左足の一部が地面に埋まっていた。

「クエイク……ダメだ。自分を含んでいるせいか、発動しない」

「ごめん……ごめんなさい。私が転んだせいで」

ユアラに負けたくないという思いで、必死に隠れ里で訓練したのに、今度はアッシュが私のせいで……

「リリヤ、泣かないで。仲間なんだから、助け合うのが当然だ。それに、隠れ里で足腰や精神を鍛えていたからこそ、ギリギリのところで踏みとどまれたんだ。何事も、前向きに考えないとね」

前向きにか、アッシュの言う通りかもしれない。今までの私だったら、精神的な面で途中で崩れていたかもしれない。

「くそ、やはり抜けないな。こうなったら、最後の手段だ」

「え、どうする気？」

「リリヤ、君の持つホワイトメタルの短剣で、僕の左足の膝から下を斬るんだ」

ええ!?

「私が斬るの!?」

そうか……アッシュが自分でやったら、体勢的にうまく斬れず、より酷い激痛を伴うかもしれない。私が招いた結果なんだから、責任を持ってやらないと!!

『ほう、自分一人でその結論に到達するか』

私の心の中に、声が聞こえてきた!!

『白狐童子(びゃっこどうじ)なの？』

『それ以外に誰がいるというんだ？　貴様が迂闊(うかつ)にも後方を向き、壁に威圧されたせいで招いた結果だ。あのまままっすぐ突き進んでいればいいものを』

この子はもう一人の私。ずっと心の中で私を見ていたんだ。

『ここ最近、私は大人しく動向を見ていた。貴様は隠れ里での一件もあって、確かに強くなろうと努力している。だが、カゲロウから言われた忠告を忘れてしまった。そのせいで、今回の結果に到った』

カゲロウさんから言われた忠告？

『全部、覚えているわ!!　忘れるわけないよ!!』

『本当にそうか？「生き残るための強い渇望(かつぼう)」と「危機感」。シャーロット様がいることで、前主人の頃よりも薄れているぞ？　以前の貴様が冒険者の主人と行動しているとき、頼れるものは誰もいなかった。だから、生きることに必死になり、神経を研ぎ澄(す)まし、危機的状況に陥(おちい)っても生き延びることができた』

あの頃は、誰も信じられなかった。だから、一人で判断して行動するしか……あ、思い出した!!

そうだ、カゲロウさんからも注意を受けていた。

――アッシュ、リリヤの二人は、今後シャーロットの力に頼ってはいけない。極力、自分だけの力で解決するんだ。強大な力というものは、そばに存在するだけで周囲の人々を堕落させてしまう。君たちが危機的状況に陥ったとき、私の言っている意味を嫌でも理解するだろう――

あのときの言葉の意味が、やっとわかった。

『くく、気づいたようだな。アッシュはカゲロウの忠告を忘れていない。最後まで諦めず、行動していたぞ。お前は、ここからどう行動する？』

あのとき、もうダメだと思ったけど、アッシュは最後まで諦めなかった。私を抱き上げ励ましてくれた。それなのに私は……

『白狐童子、ありがとう。最後まで諦めず、シャーロットにも頼らない強い自分になるよ』

『ちっ!!　あと、貴様に言っておくことがある。シャーロット様の精神は、前世の記憶が中途半端にあるせいで、大人と子供が混ざっているような状態だ。これまでのことを考えてみろ。大人としての立ち振る舞い、子供としての無邪気さがあったはずだ。いつかその中途半端な状態が災いして、苦しむ可能性もある。私は、あの方に生涯の忠誠を誓ったのだ。貴様が同じ女としてフォローしろ。理解したら行動に移れ!!』

シャーロットは強制的に転移させられて、この大陸へやってきた。七歳児とは思えない立ち振る舞いが多かったけど、その原因も隠れ里でわかった。これからは、私とアッシュの二人でシャーロットを守らないといけない。

「アッシュ、白狐童子に叱られたよ。ごめんね、覚悟を持てた。私が、この短剣であなたの足を斬る!!」

「ああ、リリヤならできるさ」

問題は、足を斬った後だ。斬った瞬間、大量の血が噴き出す。焦らず冷静に処置をしないと、彼を死なせてしまう。今、私が頑張らないと、白狐童子にもシャーロットにもアッシュにも見放されてしまう。それだけは、絶対に嫌だ。

「アッシュ……足を斬るね」

「わかった。僕は、リリヤを信じる。斬った後も極力声を出さないよう気をつける」

短剣だから、一度では全てを斬れない。けれど、必要最小限の二回で終わらせないといけない。

「我慢してね。斬り終わったら、すぐにヒールを使用するからね」

この苦境、私たちだけで乗り越えてみせる!!

使い慣れてきた短剣が重く感じる。今から私は、好きな男の子の足を斬らないといけない。でも、これは全て私の招いたこと。失敗したら、アッシュを余計に苦しめてしまう。うう、手が震えてきた。

「リリヤ、僕は君を信じている。君も自分自身を信じるんだ!!」

あっ、アッシュが短剣を持つ右手を優しく握ってくれた。そうだ、私は強くならないとダメなんだ。シャーロットがいなくても、二人で乗り越えられることを白狐童子にも見せてあげるんだ。手の震えが止まった。これならいける!!

「アッシュ、斬るよ!!」

「ああ、地面に平行して鋭く振ればいい」

「うん、ヤアッ!!」

――スパン、スパン！

アッシュのズボンはミスリルと同じ硬度と聞いているけど、このホワイトメタルの短剣はオリハルコンと同じ硬度だからか、途中で止まることなく綺麗(きれい)にスパッと斬れた。

「ぐう」

うっ、斬った瞬間、左足の膝下から凄(すご)い量の血が噴き出してきた。焦(あせ)っちゃダメ。

「ヒール」

「ありが……とう……痛みが少しマシになったよ。このまま、セーフティーエリアへ入ろう」

「うん、手伝うよ」

なんとか部屋へ入れたけど、問題はここから。どうやって、アッシュを回復させるかだよね。いつもの私なら、リジェネレーションを使えるシャーロットの合流を待つけど、その判断は軽率だよ。彼女とここで合流できる保証はない。もしかしたら、地下五階？　ううん、最下層にいるかもしれない。アッシュは危機的状況に陥(おちい)ったら、エスケープストーンを使うよう言っていたけど、今の段階ではまだ早い。だって、もう一つの回復手段が残されているから。これ以上、アッシュを苦しめたくない。私のアレを使おう。

「アッシュ、カゲロウさんたちから貰(もら)った霊樹の雫(しずく)を使うね」

彼は目を大きく見開き、私を見る。

「な……けど……それしか方法が……ないのか？」

「うん、シャーロットがここに来られるとは限らない。そして、これは私の招いたこと、だから私の雫を使うね」

「リリヤ……わかった、頼むよ」

アッシュに霊樹の雫をゆっくりと飲ませると、彼の身体全体が淡く光り出し、特に切断された左膝下部分が強く輝きはじめる。

「これは……痛みが……どんどん引いていく。僕の左足が……」

アッシュの左膝下部分が、少しずつ再生していく。一分ほどで、全てが元通りになった。なぜか切断されたアッシュのズボンも元通りになっている。そういえば、ナリトアさんは『時間の回帰』とか言っていたけど、それと関係しているのかな？

「完治したよ。うん、違和感が全くない。これが霊樹の雫の効果なのか。ズボンも元通りになるとは思わなかった」

アッシュが笑顔になってくれた。よかった、私の判断は間違っていなかったよ。

「リリヤ、ありがとう。君に救われたね」

「ううん、救われたのは私の方だよ」

私はまだまだ弱いけど、シャーロットを支えていけるような立派な魔鬼族になりたい。

23話　地下五階は極寒地獄

地下四階は、『地面崩壊地獄』だった。地面が私の後方から崩れ出していき、私はそれに巻き込まれないよう必死に走りまくった。能力が固定されている以上、体力もどこかで尽きる。そういったことを考えながら走ったせいもあり、私は方向感覚を見失い、既に崩壊している場所に戻ってしまった。そして、後方からの地面崩壊に巻き込まれる。

ここで助かったのは、崩壊した地面の深さだ。

クエイクと同じで三メートルほどだったから、すぐに元に戻るなと感じたよ。スキルなしの普通の跳躍では、この壁を越えられない。だから、元の地面へと戻る瞬間を見計らい、側壁を足場として壁を走り登った。能力値150の力量と足技スキルを駆使すれば、比較的楽に登れる。

地面が埋まっていく光景を目撃したので、元に戻った場所でしばらく佇んでいると、再び地面が崩壊して元に戻るということが起きた。全フロア全ての地面が同じタイミングで崩壊して戻ってしまうのなら、私もかなり焦っただろうが、またも入口の方から徐々に崩れていった。ここは、そういう罠のフロアなのだ。罠の仕組みがわかったことで、心も落ち着いた。

その後、セーフティーエリアを探したのだけどなぜか見つからず、地下五階に下りる階段付近で待機していたところ、アッシュさんたちと合流できた。そこでここまでの話をすると、二人は愕然として地面へ崩れ落ちた。

「お二人とも、どうしたんですか？」

「僕たちは逃げるだけで精一杯だったのに……」

「そんな簡単な方法で回避できるなんて……私の失敗で貴重な霊樹の雫も使ったのに……」

あ〜二人に起きたことを聞いたけど、結果的に成長できたのだからいいんじゃないの？

「シャーロット、それって『俊足』スキルでもできるのかな？」

私の回避方法は、実に簡単なものだ。『韋駄天』スキルで側面の壁を三メートルだけ走り登り、元に戻った地面に着地するというものだ。

「アッシュさん、見ててください。ほら……こんな感じです」

『俊速』や『韋駄天』は敏捷性や動きの柔軟性を向上させるスキルだから、別に使用しなくてもいい。側面の壁を登るのに必要なのは、強靭な脚力だ。ステータスが固定されている以上、当然限界だってあるけど、１５０の力なら三メートルの壁を足だけで登るくらいはできる。実際にやってみせると、二人は余計に落ち込んだ。

「リリヤ……僕たちはまだまだ弱い、二人で頑張ろう」

「うん、そうだね」

え、何、この疎外感は？　私が悪いの？　う〜ん、周辺にゴーレムもいないし、休憩してから地下五階に行こうかな。

……十五分ほど休み、私たちは地下五階層へとやってきた。

「ここが地下五階層、一面青白い氷に覆われている。凍傷とかには……あ!!」

「アッシュ、どうしたの？」

突然、アッシュさんが右手を見つめ、魔導具でもある指輪を外しはじめた。あの指輪は、私が『構造編集』で変化させた『祝福の指輪』だったはず？　アレを外せば、このフロアだと凍傷などの状態異常にかかりやすくなるけど、いいのかな？

「シャーロット、この指輪を返すよ」

「それって、アッシュがいつも身につけている指輪だよね。確か、グレンとクロエから貰った呪いの指輪を、シャーロットの『構造編集』で祝福の指輪に変化させたもので、状態異常無効の効果があるんだよね？」

「ああ。でも、いつまでもこの魔導具の力に頼っていてはダメなんだ。僕自身も、シャーロットやリリヤのように、『状態異常耐性』スキルを身につけたい。だから、これをシャーロットに返すよ」

それって、リリヤさんのようにバルボラの放つきつ～い臭いに耐えないといけないんだけど？

アッシュさんの表情を見ると、その覚悟を既に決めているようだ。

「わかりました。ただ、元々アッシュさんの物ですから、お預かりするだけです。『状態異常耐性』スキルはレアスキルとされていますから、かなり辛い経験が必要とされますよ」

「ああ、覚悟の上さ!!　ここからの経験で身につけてみせる。というか、外した瞬間から、寒さが身体の中に入ってきた」

指輪を外した以上、一面氷に覆われているこのフロアにおいて、寒さが今までよりも強く感じられてしまうのは当然だ。

「今後、アッシュさんも私たちと同じく、凍傷や低体温症の危険性がありますから、注意してくださいね」

「え……そうか、スキルが封印されているから、リリヤもシャーロットも危険なのか。僕だけ楽な手段を続けるところだったよ」

アッシュさん、今気づいたのね。

「このダンジョンを乗り越えたら、耐性スキルを取得できるかもしれませんよ？」

「耐え続けてみせるさ!!」

おお、やる気だね。

「わかりました。それでは攻略を始めましょう」

「ああ、進もう!!」

――ツルッ。

「うお!!」

――ゴン！

「ノオオオォォォォォーーーーーーー」

そうか、一面氷で覆われているから、足元の地面も氷なんだ。私たちよりも早く、アッシュさんが力強く歩き出したものだから、滑って転んで後頭部を強打し、あまりの痛さに転げ回っている。

「あ……危なかった。私も、ああなるところだった」

「リリヤさん、氷の上は滑るので注意しましょう。勢いよく歩くと、ああなりますよ」

でも、今のままの靴だと、私たちもいずれああなるよね。

「ねえシャーロット、ミスリルの屑で靴の底の部分にトゲトゲを装着できれば、防げるんじゃないかな？」

トゲトゲ……あ、スパイクのことか⁉

「いい案ですね‼　ミスリルで作成可能ですから、三人で作りましょう」

ここは入口で一本道となっているから、ゴーレムたちが襲いかかってきてもすぐにわかる。早速、三人で作ろう。

○○○

ミスリルの屑で作ったスパイクソールを靴底に装着してみたところ、滑らず歩くことが可能となった。二人は屑からミスリルの形成までなら器用にこなせることもあり、作業時間は四十分ほどで済む。あとは身体が寒さで固くならないよう、手袋などの防寒具を着込んでからの攻略再開となった。

「全然、滑らない。リリヤの案、最高だよ‼」

「えへへ、ありがとう」

二人は私の強さの足手纏いにならないよう、新たな技術を積極的に学んでいく。その心構えがあるからこそ、私も初心を忘れずにいられる。

どうやら一本道をまっすぐ進むと、丁字路にぶつかるようだね。

「え!?」

「ひ!?」

「うお、なんだ今の!?」

「くそが!!　タイミングが早かった!!」

丁字路に到着する直前、私たちの目の前を何かが左から右へ通りすぎていった。そして、聞き慣れた文句が左側から聞こえてくる。嫌な予感がするので、丁字路に入らず通路の確認をすると、幅、高さともに六メートルほどあった。三人でチラッと顔だけ出して左右を確認したら、左側の十メートルほど離れた場所に、道案内ゴーレムと巨大ゴーレムがいて、私たちをじっと見つめているだけで、どういうわけか襲ってこない。右側を見ると、果てしなく長い直線通路が延々と伸びている。

「真正面に、『順路→』と刻まれているよ。アッシュ、これって信用していいのかな?」

「う〜ん、左側のゴーレムたちが襲ってこないということは、この文字も正しいと思うのだけど、あいつらの目の前にある幅、高さ二メートルくらいの立方体の巨大氷が気になる」

「あ、巨大ゴーレムが動いたよ!!」

巨大ゴーレムは右腕を大きく振りかぶり、拳で巨大氷を殴った。瞬間、氷が猛スピードでこっちに迫ってくる。

「うわ!?」

「きゃあ!?」

危ない、もう少しで当たるところだった。

「どうやら、後方からの巨大氷を回避しつつ、進まないといけないようですね」

あの氷は、横三列で用意されている。道案内ゴーレムが指示を担当し、巨大ゴーレムが操作を担当するわけね。

「よし、三人で分担しよう。リリヤは後方、僕は前方、シャーロットは側面を頼むよ」

果てしなく長い通路の側面にも、何かあるかもしれないから、その指示でいいと思う。ただ、ここから見た限り、側面に通路などが存在しない。つまり、休憩する箇所がどこにもないということだ。その状況下で、徒歩で進むのって危険だよね？

「お二人とも、飛んでくる巨大氷を利用しましょう。あの氷の上に乗って進んでいけば、あっという間に移動可能です」

「そうか!!　地下四階での側面を走る技術を利用すれば、普通にジャンプして氷の上に乗ることは簡単だ。成功すれば移動速度も上げられる」

「でも、ゴーレムたちが前方から突然現れて攻撃してくるかもしれないよ？　ずっと乗るんじゃなくて、定期的に降りたりして様子を見るべきだと思う」

ユアラのシステムが動いている以上、色々と先を読んでおいた方がいい。

「リリヤさん、それで行きましょう。タイミングを間違えたら大怪我(おおけが)をしますので、注意して進みましょう」

私たちは静かに頷き、急いで右側の通路へと走り出す。左側のゴーレムたちを倒す案もあるけど、ユアラが絡んでいるので、『絶対防壁』とかで討伐不可になっているかもしれない。フロアのルールに則って攻略しよう。というわけで、ここは無視を選択するけど、距離が近すぎるため、氷が飛んできたら激突する危険性が高い。だから、走って少しでも距離をとろう。

「アッシュ、シャーロット、氷が横三列で来たよ!!」

私たちは立ち止まり、後方を向く。タイミングを見計らい、私とアッシュさんは側壁を走り、リリヤさんはジャンプで氷の上に乗ることに成功した。

「くそが!! 氷の上なんて卑怯だぞ……なんて言うと思ったか!!」

かなり後方から道案内ゴーレムの大声が聞こえてきたけど、どういう意味? 急いで周囲を確認すると、ゴーレムの腕三つだけが前方の壁からニョキッと現れ、滑っている氷だけを受け止めた。

「「「え!?」」」

その反動で、私たちは空中に投げ出される。

「アッシュさん、リリヤさん、側面の壁からゴーレムの腕が出てきました!?」

ゴーレムの腕がそこら中にニョキニョキと現れたよ!!

「くっ、リリヤ、シャーロット、アレを使うんだ!!」

「「了解!!」」

ゴーレムの手に直接触れられなければ、この緊急事態を回避できる。こんなこともあろうかと、ゼガルディーのお仕置きを執行してから余裕もあったので、ゆりかごで対策を練っておいた。

私たちはミスリルの屑で製作した大きめの風呂敷をマジックバッグから取り出し、ゴーレムの腕へ向ける。そして、風呂敷が触れた瞬間、そこを足場にして氷の床へ着地……したかったのだけど、勢いがありすぎたため、衝撃を最小限に抑えるべく、そのままうつ伏せ状態で氷を滑ることにした。摩擦の少ないツルツル氷だからこそできる芸当だ。

「さっきのは危なかったね～。風呂敷を用意して正解だったわ」

「ああ、危険な賭けだったけど、なんとか凌げた」

リリヤさんもアッシュさんも、なんとか回避に成功したようだ。

「ユアラも土精霊様も、私たちが氷を利用することを想定した上で罠を仕掛けたんですね」

あ、悠長に話している場合ではない。次の氷が飛んできたよ。今度は時間差で投げてきたようだ。氷の上に乗る手段をとると、前方と側面からゴーレムの腕がどこかのタイミングで這い出てくる。さっきの手も、そう何度も使用できない。ここからは、『徒歩』と『氷上に乗っての前進』を使い分けて、少しずつ前進して行こう。

24話　極寒から炎熱へ

あれ以降、後方から襲いかかる氷、側面と床からの腕に注意しつつ、果てしない一本道を進んでいるのだけど、ここに来て私たちは前へ行くのを躊躇っている。少し先で噴き出ているアレが、非常に厄介なものだからだ。

――シュゴーーー……シュゴーーー……シュゴーーー!!

「このフロストダストガスは、厄介だな」

『フロストダストガス』、私は初耳だけど、アッシュさんが学園で学び、リリヤさんが別のダンジョンで経験していたため、その効果がどれほど恐ろしいものかわかった。あのガスに触れると、人は立ちどころに身体の芯まで凍ってしまうという。

実際、十メートルほど離れているにもかかわらず、凄まじい冷気が私たちを襲っている。私もリリヤさんもアッシュさんもガクガク震え、常に身体を動かしている。このままここに留まるのは危険なんだけど、このガスがどこまで続いているのか全くわからないこともあって、攻めあぐねている現状だ。

「ヒール……アッシュさん……リリヤさん……一か八か、飛んでくる氷の上に乗って突破を試みませんか?」

「ヒール……それしかないよね? ガスを被っている間、常にヒールを使用していれば凍死を防げるんじゃないかな? アッシュはどう思う?」

「ヒール……色々と考えてみたけど……それしか突破する手段はなさそうだね。よし、それに賭けよう!!」

急いでマジックポーションを飲んでMPをフル回復させ、飛んでくる氷を待つ。

「氷が来たぞ!!　二人とも、タイミングを間違えるなよ!!」

アッシュさんの注意とともに、私たちは側面の壁を走り、氷の上に乗る。そこへ、休む間もなく、フロストダストガスの冷気が襲った。

「「ヒール」」

これで三十秒間だけ、ガスの効果をある程度軽減できる。それでも、かなり寒い。この凍える寒さから早く……早く……抜け出したい!!

『そんなに寒いのが嫌なら、暖かい場所へ移動させてあげるわ』

え、今の声はユアラ!?　あれ……なんか浮遊感がない？

ガスの中が真っ暗闇だから、状況がわからない。手足を自由に動かせるし、氷の上にいることは間違いないから……あれ？　足を自由に動かせるのっておかしくない？　氷の上なんだから、自由に動けるはずがない!!　氷がないんですけど!!　ちょっと、どういうこと!!　あ、光が……ガスエリアを抜けた瞬間に見えたのは、一面の砂漠世界だった。そして、私だけでなく、同じ氷に乗っていたアッシュさんとリリヤさんの下にも、当然ながら巨大氷がない。その結果どうなるかというと――

「ぶべら～～～～」

「むぎゃああ～～～」

「みゃあああ～～～～」

私たちは、二メートルほど下にある地面に頭から突っ込み、転げ回ることになった。

「あっつ〜〜〜〜!!」

「熱い熱い熱い〜〜〜〜!!」

「熱すぎる〜〜〜〜」

『あははは、寒さより暑さが好みなんでしょ？　あなたたちの希望通りにしてあげたわ』

「「「ユアラ〜〜〜〜」」」

これ、絶対に私たちを見ながら実況しているでしょ!!

私たちが絶叫しているのに、返事なしですか!!

「僕の堪忍袋の緒も切れたよ。あいつは、絶対に叩きのめす!!　女だからとか関係ない!!　あいつの根性を叩き直してやる!!」

あの温厚なアッシュさんが、ついに切れた。

「もう最悪!!　あの女、絶対に許さない!!　ユアラ〜〜出てこ〜〜い。私たちと勝負しろ〜〜〜」

リリヤさんも、相当お怒りだ。憤慨する二人を見たせいで、私は逆に冷めてしまった。

炎天下の砂漠の世界か、地球でいうところのサハラ砂漠とかになるのかな？　どういう原理か知らないけど、空もあるし、太陽もある。太陽から発せられる熱線が私たちの皮膚を刺激する。この熱線の強さ、本物みたいだ。

「あいつ、何も言ってこない!!　あんなタイミングで話してくるんだから、絶対どこかで見ているはずだよ!!」

そう、その通りだと思う。それとも、地下三階では罠発動後に声が流れるよう設定していたようだけど、今回もそれと同じ原理で流しているの？　どちらにしても、もう一度会って彼女の顔にビンタをブチかましたい。

——ドドドドドドド!!

「アッシュさん、リリヤさん、変な音が聞こえませんか？」

「そういえば、ドドドドとかいう音が……アッシュ、シャーロット、あれは何？」

リリヤさんの指差す方向には、かなり遠いけど、砂の壁がある。それが横にズラ〜〜ッとそびえ立っている。

「あの壁、おかしくないか？　距離が段々と縮まっているような？」

しかも、なぜか砂埃が立っている。何か、おかしいよね？　私たちは砂の壁の正体を掴もうと、その場にじっと佇む。

「ね、ねえ、あれってまさか」

リリヤさんと同じタイミングで、私もアレの正体がわかりつつあった。

「やばい!!　あれは、砂の壁なんかじゃない!!　肩を組んで、前進している巨大サンドゴーレムだ!!　僕たちが大声をあげたから、その声に反応して一斉に襲いかかってきたんだ!!」

「なんで横一例になって、肩を組んでいるの？　これも、ユアラの策略!?」

「多分、私たちとの距離を少しでも詰めるため、連携したのかもしれませんね」

「とにかく、ここから一刻も早く逃げよう。シャーロット、リリヤ、走れ〜〜〜!!」

私たちは、地下六階へ下りる階段を探しながら、砂漠の中を駆け回る。

〇〇〇

暑い……息苦しい。周囲は一面……砂ばかり……どれだけ走り回っても、階段らしきものが……どこにも見当たらない。こういった場合の……セーフティーエリアはオアシスなんだけど……それすらもない。

「なんだ、このフロアは？　宝箱もセーフティーエリアも階段も、何もないじゃないか」

「『砂漠』、私も言葉で知っているけど、こんな暑いところなの？　それに、この砂に足をとられて歩きにくい。体力の減少が激しいから、頻繁にヒールをかけないと、身体が保たないよ」

何か、おかしい。私もヒールをかけているけど、すぐに体力が減っていく。

「なかなか……見つかり……ませんね」

息の乱れが酷いし、声も出にくくなっている。それに、頭もクラクラする。身体が……暑い。考えるのが、億劫になってくる。

「シャーロット、フラフラしているけど大丈夫？」

「なんとか……大丈夫……だと」

二人を見ると、多少息を乱しているけど、私ほどではない。おかしい、同じ能力値なのに、なんでここまで差が出るの？　あ、足がフラつく。平衡感覚も、保てなくなってきている。

「あ、危ない!!」

リリヤさんが私を抱きとめてくれた。どうしよう、歩く気力が出てこない。

「シャーロット、身体が凄く熱いよ!! それに、汗が酷い!! どうして、同じ体力のはずなのに!?」

「しまった!! 『基礎体力』のことを考えていなかった!!」

基礎体力?

「アッシュ、どういうこと?」

「僕がシャーロットをおんぶするよ!! ヒール、走りながら話そう」

アッシュさんが私をおんぶすると同時にヒールを使用してくれたので、身体が幾分軽くなった。お礼を言おうとしたけど、言葉が出てこない。これって、まさか熱中症? 脱水症状も起きているのかな? 私の身体は『環境適応』や『状態異常無効化』スキルで、そういった病気にも罹らないように……そうか……そういったものも封印されているんだ。

「『基礎体力』、僕たちの身体が元々備えている体力のことさ。僕たちの強さは、そこにステータスの力が補正されているものなんだ」

「え、初めて聞いたよ!!」

私も、初耳です。

「学園で習ったことだからね。今の僕たちの補正値は150で同一だけど、基礎体力だけは違う。僕とリリヤは十二歳、シャーロットは七歳、身体に備わっている体力値が全然違うんだ。これは、ステータスにも記載されていない」

そうか……そういうことか。七歳と十二歳の基礎体力が、同一のはずがない。

「この暑さと砂地という歩きにくい環境の中、七歳の子供が僕たちと同じペースで走り続けていれば、体力が尽きて当然だ。シャーロット、ごめん。僕のミスだ」

「い……いえ……アッシュさんの……せいでは……」

少し喋るだけで、体力が削り取られていく。

「アッシュ、距離がどんどん縮まっていくよ!! 私が囮になるから、あなたたちだけでも逃げて!!」

「ダメだ!! 囮なんて考えるな!! 探せ、探すんだ。地下六階へ行く手段は必ずある!! ヒール」

頭が少しスッキリしてきた。この苦境をどうやって乗り越える？ アッシュさんとリリヤさんが全力で走りながら、階段を探してくれている。私も周囲を見ているけど、階段らしきものは見当たらない。何か、何かないの？

「ま……まずいよ。私たちもそろそろきつく……なってきたよ」

「く……くそ、どこだ、どこに……あるんだ？ 時折、真四角の変な金属板があるだけで、他には何もない」

真四角の変な金属板？ そんなのあったかな？ でも、なぜか心に引っかかりを感じる。私たちは、地下六階に行きたい。そのための目印となる階段を探して……そうだ……目印が、階段だけとは限らないのでは？ 『地下』『真四角の金属板』というキーワードで思い浮かぶのは、『ハッチ』だ。地球では、主に家の床に取りつけられており、開けると、少量の物を仕舞える小さな物置部屋になっていたりするけど、海外とかではハッチを開けると、地下へ通じる階段があると聞いたことがある。

「アッシュさん……その金属板……開けたら……地下への階段があるかも……しれま……せん」

「「え⁉」」

ダメだ、体力的にこれ以上喋れそうにない。お願い、私の言葉を信じて。

「アッシュ、もうそれに賭けるしかないよ」

「ああ、僕たちの体力も残り少ない。ここから少し戻れば、その金属板があるはず」

「ゴーレムとの距離を考えたらギリギリだけど、下手に進んで探すよりいいよね。行こうよ‼」

アッシュさんとリリヤさんが、残りの体力全てを懸けて、金属板へと向かう。これがダメだったら、私たちは残機数を失う。でも、ここまで来たのだから、絶対に最後まで行きたい。リリヤさんの顔色が、どんどん悪くなっていく。このままだと、金属板まで保たないかもしれない。私はおんぶされているけど、できることが一つある。残りの体力を、全てこの魔法に懸ける。

「ヒール、ヒール」

「「シャーロット‼」」

「がんば……れ」

回復魔法の効果が切れたと同時に、私は意識を失った。

25話　炎熱から臭圧へ

ランダルキア大陸北方に位置するズフィールド聖皇国の地方都市サルメダル、そのとある宿屋の一室にて、ユアラはシャーロット一行の動向を観察していたのだが、現在床へ正座させられ、従魔のドレイクに説教を受けていた。

○○○

「ユアラ、あれはやりすぎだ」

「(そんなこと言われても、『基礎体力』という設定なんて知らなかったし)」

我から目を逸らし、小声でぶつぶつ言っているが丸聞こえだ。

「あの極限状態の中で残機数を失った場合、シャーロットの精神面になんらかの後遺症が残っていたかもしれない。そうなったら、精霊やガーランドが黙っていない!!」

幸い、シャーロットがハッチのことに気づき、ギリギリのところで地下六階へ到達できたからいいものの、私の言った通りの出来事が発生していたら、我々は確実に神を怒らせる。もしやつらに発見された場合、被害が私たちだけで済めばいいのだが。

「ねえドレイク、神ガーランドってそんなに恐ろしい存在なの?」

「我自身、見たことはない。竜仲間から聞いた話だが、遥か昔、神ガーランドは一度だけ地上世界に降り立ち、驕れる人類を腕の一振りだけで淘汰したと言われている。この話の出所はエンシェントドラゴンだから、限りなく真実に近い」

　シャーロットは、その神に気に入られている。だからこそ、齢七という若さであれほどの強さを手に入れた。

「へえ〜エンシェントドラゴンね〜。ドラゴンのトップに君臨する超大物、まだ会ったことないな〜」

　この小悪魔的微笑みは、何か面白いことを考えついたときの顔だ。

「ユアラ、話を逸らそうとするな。シャーロットで遊ぶのも結構だが、彼女自身に大きな危害を加えてはいけない。神の逆鱗に触れると、我々だけでなく、背後にいる人物にも被害が及ぶぞ」

　その人物が何者かは知らんがな。

「あの方なら、神ガーランドも一撃で屠れると思うよ」

　我がこれだけ注意しても、話半分しか聞いていない。背後に控えている人物に神ガーランド以上の力があるからこそ、主人は絶対的自信を持って、そんな戯言を言えるのか？

「その人物が何者かなど、我にとってどうでもいい。我にとって重要なのは、『神の逆鱗』に対して今回のような直接的被害を与えるなということだ」

「はいはい、シャーロットがその『神の逆鱗』ってわけね。ますます、面白そうなんだけど」

　我が言えば言うほど、ユアラの好奇心をくすぐるだけか。

「お〜っと、そろそろ時間ね。ごめんね〜〜、今日はこれから大事な用事があるの。それじゃあ、帰らせてもらうわね〜〜〜」

く、消えたか。ユアラは一日に何度か、唐突に姿を消す。それも決まって、こういった宿屋内で起こる事象だ。通常の転移魔法と違い、我とユアラの主従の絆もかなり薄れる。彼女は、どこに行っている？　すぐに戻ってくることもあれば、数日、いや一週間近く戻ってこないときもある。ユアラがいなくなったことで、シャーロットたちの映像も途切れたか。彼女のシステムはダンジョン内に健在だが、土精霊が監視している。これ以上の問題は起こらないと思うが、妙に気にかかる。

○○○

ここは、どこだろう？　先程の暑さがまるで嘘のような涼しさがある。

「あ、シャーロット、目覚めたのね。体調の方はどうかな？」

リリヤさんが、私を心配そうな目で気遣ってくれている。

「身体も軽いですし、火照り感もありませんね」

私はゆっくりと立ち上がり、身体の調子を確認していく。うん、おかしなところはどこにもない。

私の発言が嬉しかったのか、リリヤさんはほっと胸を撫で下ろす。どうやら、かなり心配をかけたようだ。

「よかった〜〜、ここは地下六階入口なんだけど、ここに来た途端、『状態異常耐性』と『無効化』スキルだけが復活したの。そのおかげもあって、あなたの体調も劇的に回復したんだよ」

『状態異常耐性』と『無効化』スキルが復活した？　だから、脱水症状や熱中症が治ったのか。

「あの金属板の中に、地下六階へ繋がる階段があったのですか？」

「ううん、階段はなかった。金属を開けたら、暗闇だけが広がっていたの。私もアッシュも限界に近かったし、サンドゴーレムたちが目の前まで迫ってきていたから、穴に飛び込むしかなかったんだよ。飛び込むと、滑り台のように滑っていって、ここへ到着したの」

脱出口が階段ではなく、穴になっていたとは意外だよ。とにかく、無事地下六階へ到達できてよかった。

「地下六階は、木々や草花が茂る鬱蒼とした森の中ですか。でも、きちんと道らしきものがありますね」

森の中ではあるけど、道となっている部分だけが短く刈られた芝生となっている。私たちがいるのも、芝生の上のようだ……ってあれ？　アッシュさんが私たちから距離をとっており、芝生の上で仰向けで寝ている。そういえば、彼だけが耐性スキルを持っていない。

「アッシュさんの状態は、どうですか？」

「せっかくシャーロットの体調が戻ったのに、今度はアッシュがおかしくなったの。ここに到着してあなたを降ろした途端、鼻を両手で押さえて『むぐわあああ』と叫んで気絶したの」

体力が尽きてバタッと倒れるのならまだしも、叫び声をあげての気絶っておかしくない？　周辺を見た限り、異常なものは見当たらないし、おかしな臭いもしない。なぜ、鼻を押さえたの？

「気絶する理由が全くわからないのですが？」

「五分くらい前に一度起き上がったんだけど、私とシャーロットを見た途端、後退りしてまたバタッと気絶してあの状態なの。もう、あれじゃあ私たちが原因みたいだよ!!」

う～ん、理由がわからない。『状態異常耐性』スキルの復活と関係あるのかな？　おっと、アッシュさんが目覚めそうだ。

「とりあえず、アッシュさんから離れましょう。ゴーレムはいなそうですし、周囲に気を配っていれば大丈夫ですよ」

私とリリヤさんが十メートルほど離れると、アッシュさんが目を覚まし起き上がる。

「あれ？　ここは？　あ、シャーロット、元気に……ふおおおぉぉぉぉ～～～!!」

あ、両手で鼻を塞いだ。空気中に、彼にしかわからない刺激臭でもあるのだろうか？

「く、臭すぎる。嗅いだことのない強烈な刺激臭だ。発生源は……」

アッシュさんがキョロキョロと周囲を見渡していくうちに、私たちと目が合った。

「や……やっぱり、そうだ。臭いの発生源はリリヤとシャーロットだ!!」

なんですって!!

「アッシュ、酷いよ!!　ここ数日、お風呂に入ってないけど、そこまで酷い体臭にはなってないわ。それに、ついさっきまでは普通の反応だったじゃない!!」

『体臭が臭い』って、男女関係なく差別発言だよ。でも、私は別段何も感じないのだけど？

「いや、発生源は間違いなく君たち二人だ。リリヤも臭いけど、シャーロットが一番酷い。なぜ、リリヤは平気なんだ？」

汗臭いと言われたらまだわかるけど、それでもあそこまで酷く言わないよね？　『耐性スキルの復帰』と『私たちから滲み出る刺激臭』。これは何かある。

「リリヤさん、自分のステータスを確認してみましょう。あそこまで言うのですから、原因がどこかにあるはずです」

「普段のアッシュは、あんな言葉を絶対言わないもの。調べてみる」

アッシュさんは十メートルほどの距離を保ち、片手で鼻を摘まみながら私たちを見守っている。

あれからステータスを調査しているけど、スキル関連におかしなところは見当たらない。地下五階と地下六階で異なる箇所は、『「状態異常無効化スキル」が復帰しました……』というメッセージのみなんだけど？　そういえばメッセージの最後にある『……』はなんだろうか？　こんな短い文章なら、このマークは必要ない。試しに、タップしてみよう。

『シャーロット、よくぞ隠しメッセージを見つけてくれました!!』

この言い方は、絶対ユアラだ。まさか、復帰したスキルに何か仕掛けたのかな？

『あなたほどの強さなら、『状態異常耐性』か『無効化スキル』を持っていると踏んで、ちょっとしたサプライズを用意しました。毒・麻痺・混乱・睡眠（魔法による）など、あらゆる状態異常が一切通用しない無効化スキルって反則よね～～～』

私だって、欲しくて入手したわけじゃない。身体をあの極悪環境下に適応させるため、気づいたら勝手に習得していたのだから。

『こ～んな反則スキルを持つ人には、ちょっとした罰を与えないとね。だから、耐性と無効化スキルが復帰したとき、とある特殊効果をつけてあげたわ。耐性スキルのレベルが上がるほど、所持者の体臭が臭くなっていくというもの。ちなみに、この効果は耐性と無効化スキルを持っていない人にだけ感じるものよ』

あいつ～～～、ろくでもないサプライズを用意してくれたね!!　アッシュさんが苦しむ理由は、そのせいか!!

『ふふふ、あなたのスキルは、どれなのかな～。地下六階の宝箱の中に、この効果を打ち消すアイテム『消臭スプレー』を用意しておいたから、頑張って探してね～～～。ちなみに、見つからない場合は一生その臭いがつくからね～～～。ぷぷぷぷ、自分で理解できない臭いに苦しめられるシャーロット、おもしろ～～い。このフロアの名称は『臭圧地獄』、色んな臭いが立ちこめているわ。入口がセーフティーエリアよ。それじゃあ、愉快な仲間たちと楽しんでね』

「ユアラ～～～～!!」

「シャーロット、急にどうしたの!?」

大声で叫んだため、間近にいたリリヤさんをかなり驚かせたようだ。私が先程の内容を説明すると、彼女と遠くにいるアッシュさんの顔が、見る見るうちに真っ赤になっていく。

「ユアラ～～～～～!!」

そうなるよね?　あいつは、私たちで完全に遊んでいる。

「もう最悪だよ。臭いの発生源は本当に私たちらしいけど、私には全くわからないもの」

「リリヤさんはレベル3だからいいですけど、私は無効化ですよ。臭い自体も相当酷いはず、なのに全く感知できません」

あの子、とんでもない置き土産を残してくれたよ。絶対に、消臭スプレーを探さないと!!

「お～い、理由はわかった。リリヤもシャーロットも、物事を前向きに考えよう。これは、僕にとって都合のいい試練になる。君たちの臭いに慣れ、気絶することなく行動をともにできるようになれば、耐性スキルを必ず入手できるはず。今の時点で、少しだけ慣れたから、もう少しここで休憩してから先に進もう」

『私たちの臭いに慣れた』って、それだけで十分失礼な発言なんだけど、彼の言う通り、前向きに考えるしかない。このフロアは、私とリリヤさんは全く問題ないが、耐性スキルを持っていないアッシュさんにとってはかなり厳しい。彼が私たちに慣れるためにも、今日はここで寝泊りすることにした。ユアラの内容を信じるのも癪だけど、リリヤさん曰く、ここに来てから約一時間、ゴーレムが一切寄りつかないことから、入口がセーフティーエリアで間違いなさそうだ。一度エスケープストーンで逃げる選択肢もあるけど、ユアラの作ったシステムにだけは負けたくない。この思いは、アッシュさんとリリヤさんも同じだ。ユアラ～どうせどこかで見ているんでしょ？　あなたを必ず驚かせてやるからね!!

26話　アッシュの試練

現在、私たちはセーフティーエリアで夕食をとっている。夕食前、アッシュさんとリリヤさんが簡易温泉を建設してくれた。建設と言っても、スコップで大穴を開けて温泉兵器で温泉を入れただけのシンプルなものだ。この二人の気遣いもあり、私の体調も完全回復したと言っていいだろう。ただ、ユアラの策略で、アッシュさんだけが臭いで酷い目に遭っている。今も、アッシュさんは私とリリヤさんから離れて食事をとっているのだけど、はじめの頃よりも臭いにやや慣れたらしく、少しだけ距離は縮まっている。現在の限界距離は、リリヤさんで三メートル、私で七メートル、それ以上近づかれると、身体が拒絶反応を起こして気絶すると、自信を持って言い放ってくれた。堂々と胸を張って言われているため、私たちも傷ついていない……のかな？

「ねえアッシュ、私たちからどんな臭いがするの？」

私がずっと気にかけていたことを、リリヤさんがズバッと聞いてくれた。

「言うと、多分怒るよ？」

アッシュさんは、私たちを見て『臭い』やら『近づくな』やら咄嗟に言ってしまったことを反省しているのか、気遣ってくれている。

「私もシャーロットも、覚悟しているよ。怒らないから言って」

「一言で言い表すのなら、リリヤが『魚の腐った臭い』、シャーロットは……『世界中に存在する全ての腐ったものの集合体』かな？」

私だけ、言い方が酷くない？　いや、無効化スキルは最高に位置するものだから、臭いも相当なものなんだ。ああ、早く消臭スプレーを見つけたい。

「あはは、魚の腐った臭いか。その臭いなら、なんとなくわかるかな。あのね、このダンジョンに来てからのことを考えたんだけど、地下四階は『私』、地下五階は『シャーロット』、地下六階は『アッシュ』に対する試練だと思うんだ」

試練か。リリヤさんの言いたいこと、なんとなくわかるよ。

「地下四階と五階は、宝箱は全然ないし、ゴーレムの出現方法もおかしいから、クエイクもほとんど機能していない。理由はユアラの考案したシステムを使用しているからなんだけど、今は土精霊様が管理しているんだよ？　ということは、精霊様がユアラを利用して、私たちの抱える欠点とかを教えることも可能だよね？」

食事中、私もそのことを考えていた。リリヤさんは、精神面にまだ問題を残していた。私は『基礎体力』のことを理解していなかった。だから、地下四階と五階で窮地に陥った。そして、アッシュさんは一人だけ『状態異常耐性』スキルを所持していないことを気にかけていた。ここ地下六階は『臭圧地獄』。彼にとって試練となることは間違いない。

「リリヤの考えに賛成だよ。ユアラが、僕たちのことをそんな意味で気にかけるわけがないからね。念願の耐性スキルを身につけられる環境だからこそ、僕が前衛となってゴーレムを倒し、宝箱を開けていくよ」

アッシュさんがやる気になっている以上、私からは何も言うまい。ただ、彼の考えている以上に、この試練はかなり厳しい。私とリリヤさんで、しっかりフォローを入れていこう。

翌朝――

昨日の宣言通り、アッシュさんが前衛となってダンジョン探索が始まったのだけど、陣形がおかしい。彼から三メートル離れた後方にリリヤさん、その五メートル後方に私がいる。一応後衛になるのだけど、離れすぎているためあまり意味をなしていない。

「リリヤ、シャーロット!! 全身草に覆われたフォレストゴーレムが前方から堂々とやってきた。僕がクエイクで……ふごおおおぉぉぉぉ～～～～」

突然、どうしたのだろう？ でも、この反応は私たちを見たときと似ている。

「う、これは私も少し感じる。アッシュ、あのゴーレムも？」

「ああ、全身からヘドロの臭いがする。どうして、シャーロットは平気なんだ？ 僕からすれば、君の反応の方がおかしいよ」

私も実は、腐(くさ)ったヘドロの臭いを確かに感じ取れている。ただ、臭い自体を認識しているにもかかわらず、特になんとも思わない。これって……おかしいよね？

「その……臭い自体は感じてはいるのですが、別段おかしくないと言いますか……まあ、これが無効化スキルの効果なんですよ」

まずい、重大な欠点が発覚したよ。こういった環境の中では、アッシュさんのように苦しむのが当然なんだ。今後、私もリリヤさんのように、少しだけリアクションをとった方がいい。そうしないと、私自身が変人扱いされてしまう。とにかく、アッシュさんがピンチだから、助けに行かないと!!

「ぐおおおぉぉぉぉぉーーーーー、二人とも僕に近づきすぎだ!!　前方と後方からの臭いが僕を挟んでいく……あ……なんか気持ち悪くなってきた」

あ、アッシュさんが道を逸れ、茂みの中に飛び込んだ!!　とにかく、このゴーレムを対処しておこう。フォレストゴーレムを難なく撃破し五分ほど待ったところで、彼が帰ってきた。

「アッシュ、顔色が悪いよ？」

私もリリヤさんも、彼から八メートルほど離れている。

「あはは、ごめん、吐いちゃった。予想以上に厳しいな、でも僕はへこたれないぞ!!」

う〜ん、アッシュさんがやる気に満ちているところ悪いんだけど、全然かっこよくないよ。むしろ、評価が少し下がったかもしれない。私もリリヤさんも、顔には出さないけどね。私たちの思いは一つ、『早くこのフロアから脱出したい』だね。

「アッシュ、私とシャーロットでゴーレムを倒したけど、宝箱が出てきたの。どうする？」

「僕が開ける!!　こうなったら、とことんやってやる!!　二人はその位置から動かないで」

大丈夫かな？　多分、あの宝箱からも、臭いが襲ってくると思う。それは、アッシュさんにもわかっているはずだ。私とリリヤさんがドキドキしながら、アッシュさんを見守る。

「シャーロット、アッシュの苦しんでいるときに、ゴーレムが現れたら、私が接近して対処するね」

「わかりました。私はここで周囲を警戒しておきます。アッシュさんが宝箱を開けるようですね」

やはり、彼もわかっているのか、宝箱を開けることを躊躇っている。精神を落ち着かせるためなのか、ゆっくりと深呼吸を始めていき、宝箱を一気に開ける!!

「う、うごおおおぉぉぉぉ～～～げほ、げほ、嗅いだことのない臭いだ!!　あああああ～～～～～～負けるか～～～」

予想通り、アッシュさんが大声で苦しみ出し、芝生の上を転げ回る。どんな臭いなのか気になるところだけど、私もリリヤさんも苦笑いを浮かべ、その光景を眺めるだけに留める。私たちをリードしてくれる彼のいつもの凜々しい姿は、現在微塵もない。

「ふうう～～、なんとか耐えたぞ。宝箱の中身を確認しよう」

あれ？　宝箱の中を見て何かを持っているのだけど、反応がない？　でも、身体が震えているけど？

「あの女～～～、どこまで僕たちを馬鹿にしているんだ～～～～!!」

アッシュさんが紙切れらしきものを芝生に投げつけ、地団駄を踏んでいる。

「リリヤ、シャーロット、行こう!!」

「う……うん。中身は、なんだったのかな？　シャーロット、見てみようよ」

見ない方がいいと思う。多分、ろくでもないことが書かれているはず。リリヤさんが先に行き、あの紙を確認すると、アッシュさんのように怒り出し、右足で思いっきり紙を踏みつけている。何が書かれているの？

私も確認すると、ユアラの小さな似顔絵付きで『キャハ!!　はっずれ～～～～』と書かれていた。これは、確かに怒るわ。放置されている宝箱のもとへゆっくりと近づき臭いを嗅いでみると、

日本で嗅いだことのある『くさや』と似たものだった。

地球でも、世界で臭い食べ物の上位十位以内に入ると言われているものだから、この世界でも相当きついはずだ。アッシュさん、ご苦労様です。

〇〇〇

私たちは冒険を再開したのだけど、その後も数種類のゴーレムが襲ってきた。言葉に表すのなら、ヘドロゴーレム、くさやゴーレム、スカンクゴーレム、アンモニアゴーレム、納豆ゴーレムといったもので、きつ～い臭いのするゴーレムばかりだった。そんなゴーレムと戦っていくうちに、アッシュさんの顔色がどんどん悪くなっていく。極めつきに、周囲で見つかる六個の宝箱からも臭いガスが噴出される始末。目当ての消臭スプレーは一つだけ発見できたけど、残りは全部ユアラの一言付きハズレ紙だった。ちなみに、消臭スプレーはリリヤさん専用であったため、アッシュさんから見れば、私は現在も臭いままである。土精霊様が管理している以上、私専用のスプレーがどこかにきっとある。なんとしても見つけ出さないと!!

——ズウウウウゥーーーーン!!

「なんだ、今の轟音は？　これまでのゴーレムとは比べものにならないほどの大きさだったけど？」

二時間近く探索し行き着いたのが、この一本道の通路だ。先程の音は反響してわかりにくいけど、多分この奥からだと思う。このダンジョンはどの階でも明るいので、闇からくる怖さを感じさせないけど、違う意味での不気味さが漂ってくるんだよね。

「ここから先は一本道、リリヤ、シャーロット、後方を頼むね」

私たちは静かに頷き、周囲を警戒する。道幅が二メートルほどしかないため、通常のゴーレムは出現不可能だけど、道案内ゴーレムならばここでも現れる。一本道をまっすぐ進む度に、先程の音が大きくなっていく。む、アッシュさんの動きが止まった？

「アッシュ、どうして止まるの？」

「リリヤ、ごめん。身体が震えて、これ以上先へ進めそうにない。多分、強烈な激臭を発するゴーレムが、この先にいる」

ありえるね、この階のボスかな？

「私とシャーロットが行って確認してみる。アッシュは鼻を塞いでおいてね」

私たちはアッシュさんを置いて前へと進む。右に曲がったところで、出口が見えてきた。

「シャーロット、何か煙が漂って……うわあ、何この臭い!?」

「何か奇妙な臭いを感じますね。これは……」

この臭い、覚えがある。地球の『臭豆腐』と呼ばれる食べ物から漂う刺激臭にソックリだ。というか、前世のときはあまりの臭さで食べられなかったけど、ここではなんの感情も生まれてこない。やばい、改めてわかったけど、この無効化スキルはかなり厄介な代物だよ。

「ここから先は、私が行きます」

「ごめん、任せるね」

耐性スキルを持っているリリヤさんでも、厳しいのか。私は一人前進していくと、大きな木々に囲まれた円形の広場に出た。ここ……広すぎる。直径五十メートル、ダンジョンだから当然天井はあるんだろうけど、真上には青空が見えているだけで、高さが皆目わからない。

――ズウウゥウゥーーーーン！

轟音とともに、大きな壁が私の目の前に現れた。でも、壁とは何か違うような……え、寒気？あ、この感じは危険な兆候のときに現れる感覚だ!!　急いで後方に下がると、それは起こった。

――ドオオオォォォォーーーーーン!!

げ、私の目の前に、馬鹿でかい拳があり、土煙が舞い上がる!!

上を見上げると、そこには………見たこともない、全長十メートルほどの真白なフォレストゴーレムがいた。全身太い緑の蔓に覆われており、間違いなくこいつが臭いの発生源だ。名前は、臭豆腐ゴーレムでいいや。

――ガパッ。

え、口を大きく開けた？

――シュゴオオォォォォーーーーーー!!

げ、臭気ブレス!!　退避〜〜〜〜〜!!

ふう〜間一髪だった。あんなものの直撃を受けたら、残機数を失うことはないだろうけど、私の身体が刺激臭塗れとなってしまうよ。

「シャーロット〜〜、私は巨大化に成功したぞ〜〜もうチビとは言わせないぞ〜〜〜〜」

「あなた、あの道案内ゴーレムなの!?」

ここにきて、なぜか階層を越えて情報を共有したチビゴーレムが巨大化して私を襲ってくるとは!!　どうする？　あいつは、知能が高い。私がアッシュさんたちのいる通路に戻ったら、間違いなく臭気ブレスを仕掛けてくる。アッシュさんにまで届いたら、多分ショック死という形で残機数を失うことになると思う。私がここで倒さないと、先へ進めそうにない。ここが、正念場だ。ユアラのことだから、こいつを倒した褒美として、消臭スプレーを用意しているかもしれない。ステータスは１５０、討伐方法はクエイクのみ、この条件で臭豆腐ゴーレムに勝利してやろうじゃないの!!

27話　シャーロットVS臭豆腐ゴーレム

臭豆腐ゴーレムを倒すためには、クエイクの規模を相当大きく広げないといけない。現在のＭＰ残量は96。ただ、余力は残しておきたい。それでも、本来の十倍量の魔力をこめてクエイクを放てば、深さ十メートル以上の大穴を穿つことができるはず。でも、このゴーレムは巨大なくせになかなかの敏捷性能を持っているせいで、魔力をこめる時間を与えてくれない。体調は万全だけど、このままじゃこっちの体力が尽きてしまう。

「あははは、どうしたのシャーロット？　逃げるだけじゃあ、僕を倒せないよ～。早く、僕の手に捕まりなよ。ゆっくりと……握り潰してあげるから!!」

冗談じゃない、捕まったら即アウトだ。ここまできて残機数を減らしたくない。クエイクでゴーレムのバランスを崩すことは容易い。でも、そんなことをすれば、ゴーレムが激怒して臭気ブレスを放ってくるだろう。それだけは、なんとしても避けたい。

「あなたに捕まるなんて嫌だね。そんなに大きくなったら不自由なだけだよ、小さくなってよ」

「面白い冗談を言うね。君を握り潰すまでは、小さくならないよ。いっそのこと、僕の身体に踏み潰されるのもいいよね。よし、そうしよう!!」

げっ、ゴーレムが私目掛けて倒れ込んできた!!　回避しないと、踏み潰される。全速力で回避～～～～。

——ズウウウウウーーーーーン!!

「ちぇ、やっぱりそう上手くいかないか」

物凄い土煙が宙を舞っている。

「けほけほ、なんて攻撃を仕掛けてくるかな」

こいつ、厚みだけで私の身長を超えているよ。一度、撤退しようかな？　ただ、リリヤさんのいる通路へ行くには、臭豆腐ゴーレムの上を渡る必要がある。こうして間近で見てわかったけど、ゴーレムの表面はほとんどが蔓で覆われているものの、うっすらと見える内部は白い土のようだ。

うん、土？　あ、もしかしたら!?　私は、急いで倒れているゴーレムの上に乗る。

「こら、僕の上に乗るな!!」

くっ、蔓だから歩きにくい。私の仮説が正しければ、これで成功するはず‼　既に動きはじめたから、首は狙えない。一番近い右肘の関節部位に向けて放つ‼

「クエイク」

その言葉と同時に、ゴーレムの右肘関節部位が大きく崩れ、右手の一部が地面に落ちた。

「ぎゃあああああ～～～～僕の右腕が～～～～チクショ～～～～～」

よし、成功‼　あ、急に動くものだから、バランスが⁉　地面に落ちた‼

「イタタタ、そんなに高くないから助かったよ」

「隙ありだ、シャーロット‼」

「え？」

私が尻餅をついた状態で頭上を見上げると、ゴーレムが左腕を大きく振りかぶる瞬間だった。まずい、この場から逃げないと‼

「「クエイク」」

アッシュさんとリリヤさんの声が聞こえた瞬間、大きな穴がゴーレムの左足首と左肩に発生し、ゴーレムは体勢を大きく崩した。クエイクの遠距離攻撃、二人も使えるようになったんだね。地下三階のセーフティーエリアで、話し合っておいてよかった。

「アッシュさん、リリヤさん‼」

アッシュさんの顔色がかなり悪い。臭豆腐の臭いが漂っているはずなのに、相当な無理をしてここまで来てくれたんだ‼

「シャーロット、今のうちにトドメを刺して!!」

リリヤさんの顔色も少し悪い。二人が与えてくれたこのチャンスを決して無駄にしない!!

「ゴーレム、これで終わりだよ。クエイク!!」

私はゴーレムの首目掛けてクエイクを放つ。すると、首部分がゴッソリとなくなり、身体が崩れはじめていく。

「く……そ……あと少しだったのに……臭気ブレスで……二人を先に……仕留めておくべきだった」

それが最後の言葉となり、ゴーレムは形を保つことができなくなり、完全な蔓と土へと変化していった。そして、土の上にポツンと宝箱が現れる。私が宝箱を開けると、臭いが噴出されることもなく、普通に一枚の紙とアイテムが入っていた。見た目は、間違いなくスプレーだ。

『パチパチパチ、ボスゴーレムの討伐、おめでとう。これは私からのプレゼント、消臭スプレーだよ。ぷぷぷ、これでスキルによる臭いがなくなるわね』

ようやく、私専用のスプレーが見つかったか。今すぐ、身体に噴射しよう。こうやってスプレーを噴射するのはいいけど、効果が出ているのか自分では全くわからない。アッシュさんに確認してもらおうかな。

「アッシュさん、リリヤさん、助かりました。ありがとうございます」

「むぐう!!」

「ひゃう!!」

え、私が二人の方へ数歩歩いただけで、なぜか二人とも鼻を摘まんだよ？

「シャ、シャーロット、それ以上近くに来ないで。私でも、かなりきついから」

なんで⁉ スキルによる臭いは消えたはずだよ⁉

「別の臭いが……多分あのゴーレムの臭いが……染みついているの……お願いだからこっちに来ないで」

ユアラめ〜〜〜、手の込んだイタズラをしてくれる。あの紙の最後の一文は、そういう意味も込めていたのか‼ 一難去ってまた一難か。ボスのゴーレムを討伐したのだから、この先には間違いなく地下へ下りる階段があるはず。そこで、服を着たままでいいから、温泉をかぶって臭いを落とそう。色々と勉強になったフロアだけど、もう臭いはコリゴリだよ。

○○○

はあ〜サッパリした。私の目の前には、地下七階へ下りる階段がある。私は服を着たまま、温泉兵器を使って服や身体に染みついている臭いを落としたのだけど、代わりに全身ずぶ濡れ状態となっている。

「シャーロット、もう大丈夫。君から、あの腐った臭いは感じとれない。温泉の効果が現れた証拠だ」

アッシュさんの言葉を聞いて、私は心底安心する。ユアラの言った言葉が嘘の可能性もあるから、その言葉を聞くまでドキドキしていたよ。耐性スキルを持たないアッシュさんが笑顔で言ってくれるのなら一安心だ。

「よかったです。魔法さえ封印されていなければ、風魔法で乾燥させるのですが、今はこのバスタオルで我慢するしかないですよね」

「僕も、酷い目に遭ったよ。特に、最後のあの臭いは普通じゃない。リリヤに協力してもらったおかげで、君のピンチに駆けつけられてよかった。ここまでの経験で、耐性スキルを入手できたらいいんだけどね」

アッシュさんは、このフロアだけで様々な臭いに耐えている。土精霊様が、どう判断するかだよね。

「地下七階は、どんなところかな？　そもそも、最下層って何階なのかな？」

「リリヤさん、アイリーンさんが言っていたじゃないですか？『ナルカトナ遺跡は、定期的に改装される』。過去の冒険者たちの記録を基にしていますから、この情報は正しいでしょう。最下層も、不明ですね」

私としては、この下が最下層であってほしいけどね。

「このままここに留まり続けると、また臭いゴーレムたちが襲ってくる。一旦、ここは地下七階へ移動しよう。入口の地形次第だけど、休息をとれるかもしれない」

私たちはアッシュさんの言葉に賛同して、階段を下りていく。地下七階へ到達すると、そこは広い大部屋となっており、正面には立札と赤色の扉が設置されている。扉のすぐ下には、リアルな一本橋の描かれた薄いマットが敷かれていた。

最終関門：一本橋海峡　『橋を渡りきったらゴール』
ユアラの策略に負けず、ここまで到達できたこと、称賛に値するよ。本当にご苦労様。ここを突破すれば、僕のいる最下層に到達するよ。これまでに得た経験値を君たちのステータスに加算しておくから、後で確認するといい。最終関門だけど、道幅の狭い橋となっているから一人で挑戦してね。この扉の先からは一本橋海峡となるから、今日一日そこで休息をとるといい。

土精霊より

「ここを突破すれば、最下層だよ!!　アッシュ、シャーロット、頑張ろうね!!」

「ああ、ここまで苦労した……え、これは……やった……レベル2の『状態異常耐性』スキルを入手できた!!　やった～～～苦労した甲斐があったよ、よっしゃ～～～～」

「アッシュ、おめでとう!!」

アッシュさんが、念願のスキルを入手して喜びを爆発させている。本来であれば、状態異常を少しずつ身体に刻み込ませることで耐性をつけていき入手するもので、個人差もあってなかなか習得できない。だからこそ、レアスキルの一つとされている。

「リリヤ、このスキルを鍛えてレベルを5くらいにまで上げておこう。でも、無効化スキルに昇華させたらダメだ」

「あ、シャーロットを見ていたからわかる。あんな異常な臭いが充満している広場の中を、平然とゴーレムと戦っているんだもの。ダンジョンでは重宝するかもしれないけど、街の中だと異常者に思われるよ」

あはは、ここまでの二人の反応を見てわかります。臭豆腐の臭いが充満している広場を平然と走り回っていたんだよね。これが日本であれば、確かに異常者と思われるかもしれない。

「予想外の欠点ですよね。私も、街の中では注意しておきます」

最終関門一本橋海峡か、立札にはルールが記載されていない。あの扉を越えた先に、新たな立札があるのかもしれない。ここからは個人戦となるから、私たちも心身を万全にしておこう。

28話　最終関門一本橋海峡

臭圧地獄を乗り越え、私たちは地下七階の入口で英気を養っている最中だ。ちなみに、私だけでなくリリヤさんやアッシュさんの服も多少臭いので、温泉で軽く洗い乾燥中である。今の私たちは普通の一般服に着替え、昼食をとっている。

「あの赤い扉の奥には、何があるのかな？」

「う～ん、名称が一本橋海峡だから、真下が海で、その上に幅の狭い橋が続いているのだろうか？」

「アッシュ、そんな場所だとクエイクも使用できないよ？」

そう、そこなんだよ。現状、どんな場所かわからないため、対策を立てられない。

「ここは個人で挑戦することになりますから、余計に怖いですね」

一体、どんな試練が待ち受けているのだろうか？

〇〇〇

いよいよ、最終関門か。ここを突破できれば、最下層に行ける。僕——アッシュ的には『状態異常耐性』スキルを身につけて十分満足なのだけど、どうせならリジェネレーションやマックスヒールといった回復魔法、『ウィスパーガーディアン』というユニークスキルも欲しい。問題は、この扉の先に何が待ち受けているのかだ。昼食を食べ、服を乾燥させている間、僕たちは十分に話し合った。土精霊様は『一人で挑戦して』と言っていたけど、あくまで注意しているだけであって強制ではない。だから、まず僕が赤い扉を開け、そこから先の状況を確認しようと思う。

「アッシュ、気をつけてね。中の状況がわかったら、絶対に無理せず戻ってくるんだよ」

「リリヤ、扉に関しては開けっぱなしにしておく。そこからは、僕を観察していればいい」

「アッシュさん、ユアラのシステムを利用していますから、想定外のことが必ず起こると思って行動した方がいいです」

ユアラか、全く忌々(いまいま)しい女だよ。僕たちの心を弄(もてあそ)び翻弄(ほんろう)したいようだけど、そんなことをして何が楽しいのだろうか？　今の光景だって、彼女はどこかで見ているに決まっている。

「二人とも、行ってくるよ」

僕はゆっくりと扉の前に立ち、取っ手を掴んで開けようとしたら……

「え？　ここは？」

扉を開けていないのに、いきなり景色が切り替わった？　この感覚は、転移だ。まさか、扉に触れるだけで転移するとは思わなかった。それにしても、ここはどこなんだ？　天井は高く、目の前に見えるのは果てしなく長い一本橋、その横幅も六十センチほどと狭い。途中、霧で覆われているせいもあって、ゴールが見えない。一体、どれほどの長さがあるのだろうか？　立札が橋入口に設置されているから、何か説明が記載されているかもしれない。そして、僕のいる場所も問題だ。直径二メートルほどの円形の床があるだけで、壁とかが一切ない。端の方まで移動し、チラッと下を覗いてみる。

「高い!!　地面まで二十メートルくらいあるぞ!?　あのブクブクと膨らんでいる赤黒いものって、まさかマグマなのか？」

試しにゴミを落としてみると、触れた瞬間紅蓮の炎に覆われ、跡形もなく消えた。

「おいおい、嘘だろ。僕の今いる場所も、これから渡る橋にも、掴まる場所がない。バランスを少しでも崩したら、僕もあのマグマの中へ……」

死ぬことはなくとも、多分炎に覆われ残機数を減少させることになるよな？　あの橋を渡りきればゴールなんだろうけど、橋から二十メートルくらい離れたところの両側には、大きな岩壁がある。その壁の左右どちらも、僕とほぼ同じ高さの場所には、高さ四メートルほどの大きな穴が開いている。それは橋と平行に、一定間隔ごとにあり、中には誰もいないようだけど、温泉バズーカを巨大化させたような魔導具が設置されていた。ここから見える全てのバズーカが、僕の方へ向けられているから、少し威圧感があるな。

「これから、何が始まるんだ？　とにかく、立札だけでも読んでおこう」

一本橋海峡へようこそ

全長三百メートルの一本橋を渡りきれば、最下層に行くための階段がある。君も見ただけでわかっていると思うけど、橋から足を滑らせてマグマの海に落ちたら、焼死扱いとなり強制的に遺跡入口に戻らされるから注意して進んでね。行く手には、様々な関門が用意されているので、クエイクで対処しよう。

全長三百メートルもあって、『行く手を阻むものは、全てクエイクで対処しろ』か。地下六階のボスゴーレムのときのように、クエイクの応用を使えばなんとか乗り切れるかもしれない。え、急にメッセージが立札に現れたぞ？　何が記載されているのかな？

追伸

もうシャーロットとリリヤのところへは戻れないよ。君が『焼死』か『突破』のどちらかを達成すれば、さっきの扉が解放され、一人だけ転移可能となる。ちなみに、この内容はリリヤたちにも

表示されているから安心して挑戦してほしい。

このまま挑戦しろだって⁉　後方を振り向くと、ただの岩壁だけで、扉らしきものは影も形もない。

「退路が塞がれている以上、前へ進むしかないのか」

今頃、シャーロットもリリヤも驚いているだろうな。一番目の僕が一本橋を突破できれば、二人の気持ちも少しは軽くなるはずだ。

「やってやる、挑戦するぞ‼」

とは言ったものの、いつも僕の動きを支援してくれる二人がいないと、いささか不安だ。一本橋から見える煮えたぎるマグマ、あの中にだけは絶対落ちたくない。足場だけの一本橋を渡りきるくらいなら、僕でも可能だけど、左右にあるバズーカらしきものから察するに、おそらく球が飛んでくる。ユアラが絡んでいる以上、ただの球じゃない。まずは、落ち着いて慎重に進んでいこう。

一本橋に右足を一歩踏み入れて揺れを確認すると、橋自体はガッチリと固定されているようだ。

——ガチャン。

「え？　今の音はなんだ？」

何か、視線を感じる。それも一つじゃない。一体、どこから？

「な……なんだよ、これ」

左右に設置されている魔導具一個に対し、いきなり一体のエンチャントゴーレムが現れて、全員が僕を凝視していた。この中を進むのか？　あれ？　一旦戻ろうとしたら、右足が動かない。左足は……動かせるのか。まさか、『引き返すことは許さない』という意味では？

「進むしかない」

意を決して前に進んでいくと、横幅が六十センチほどしかないためか、身体が妙にフラつく。

「おかしいな？　足場はしっかりと固定されているのに、どうして身体が揺れるんだ？」

通常の橋は、太い紐が左右にあって、そこに両手を置くことで身体を支える。その紐がないせいで、足場がしっかり固定されていても、僕の一つ一つの動きで、橋全体が揺れているのか？　これは……歩く速度が早すぎても速すぎても、バランスを崩す危険性がある。

――ドーーン。

今のは発射音？　一体どこ……

「うお、あっぶね～」

右の側壁から直径二十センチほどの球が、顔の目の前を通りすぎたぞ!!　襲ってくるとは思っていたけど、あれだけの数では、どこから襲われるのかわからない。このままゆっくり進むと、やつらの格好の的となってしまう。危険だけど、走るしかない。

――ドーーン。

音は、左の側壁からか!!　全ての感覚を研ぎ澄ませ!!　さっきの球の速度だって、ギリギリ見極められたし、身体も反応してくれた。それに、土精霊様からのアドバイスを信じろ!!

「クエイク」

よし、球を認識し速度のことも考慮してクエイクを放ったら、球自体が崩れてくれた!!

「これなら、なんとか突破できるかもしれない」

――ドドーン。

え？　今の音は？

「ぐほ!?」

左脇腹に球の直撃をくらったせいで屈んだら、僕の頭上を後方から前方へと何かが通りすぎた。

あれは球？　そうか、射出される球が一球ずつとは限らない。

――ドーン。

「くそったれ〜〜〜」

こうなったら全力で走って、狙いにくくするしかない。

「うおおお〜」

これは……きつい。全力で走りながら、あらゆる方向から襲いくる球を感覚的に察知して、『回避』か『クエイク』で対処しないといけない。肉体的にも精神的にも、負担が大きい。

ぐお、右側頭部に直撃？　連続で放たれる球に対処しきれなくなっている。くっ、バランスが!!

――バーーーン。

「ぐく、落ちてたまるか〜〜〜〜」

なんとか持ち堪(こた)えられたけど、このままじゃ、いつか落ちるぞ。全力で走るだけじゃダメだ。どうする、どうすればいい？

『アッシュ、おまえは前衛で動く以上、今後魔物や人との接近戦が多くなる。「動作」に、もっと柔軟性を持たせるんだ』

『柔軟性？　カゲロウさん、それはどういう意味ですか？』

『動作というものには、必ず一定の速度が生じる。戦闘の際、同じ速さで動き続ければ、敵もその動きに適応してくる。だから、「俊足」や「縮地」スキルを使って動作に緩急を入れろ。様々な速度で敵を翻弄し、駆逐できるようになれ』

　動きに緩急を入れろ……そうか!!　里で訓練した足技スキルを、ここで活かせばいい!!　『俊足』と『縮地』で動きに緩急をつけ前進していけば、やつらも翻弄されるはずだ。カゲロウさん、ご助言ありがとうございます!!

『俊足』は足の柔軟性を向上させる。

『縮地』は敏捷性を大きく向上させるが、動きが直線的になりやすい。

　僕の目の前には直線の一本橋しかない。『縮地』を使えと言っているような状況だ。ここに『俊足』を加え使い分けていければ、一本橋を突破できる!!

「よし、行くぞ!!　『縮地』」

　思った通り、直線的に進めるおかげで、橋の揺れもかなり収まる!!　もう五十メートルくらいは進んでいるはず、残り二百五十メートルを走りきるんだ。

　——ドーーン。

　球が目の前を通りすぎても、心を揺らすな。全てを無視して突き進め!!

――ドドーン。

――ドーン。

動作に緩急をつけろ。敵も僕の動きを予測して球を射出しているのだから、『俊足』で速度を緩めて、三発の球が通りすぎたら『縮地』で動く。

「もう、当たらないぞ!!」

こうして『俊足』と『縮地』で緩急をつければ、相手も翻弄(ほんろう)される。

「え、なんだ？　急に霧が？　ってあれ？　霧が出てきたと思ったら、もう晴れてくるのか？　なんのために用意しているんだ？」

――ゴオオオォォォォォォーーーーーーー。

「ウオオォォォォォーーーー、左側から突風が!?」

走りを止め下半身に力を入れることで、なんとか体勢を戻せたけど、この突風は危険だ。

――ドーーン。

「ぐほ～～～!?」

風に翻弄(ほんろう)された瞬間を狙われた？　敵も僕と同じように考えているんだ!!

――ドドドーーーーーン。

今度は、三連発か!?

突風のせいで、『縮地』に集中できない。……………どうする？

三つの球が直撃したらバランスを崩して、間違いなくマグマへ落下する。

ここは……一か八(ばち)かだ。

「クエイク、クエイク、残りはこれでも食らえ～～」

ミスリルの刀で斬る!!　下手に踏み込んだらバランスを崩すから、ここは何もせず構えるだけでいい。頼む、刀で斬れてくれ。クエイクが通用するということは、球の材質は土ということになる。それなら、刀で容易に斬れるはずなんだ。残り一発の球がかなりの速度で僕の顔面へと近づいてくる。球がミスリルの刀に……当たる!!　あ、なんの手応(てごた)えもなく簡単に真っ二つに斬れた。よし!!

よし!!　よし!!

「刀、『俊足』、『縮地』、クエイクの四つで突っきるんだ!!」

ここから五十メートルほど先で、また霧が周囲を覆っていた。その先に何があるのかわからないが、絶対に突破してやる。

29話　リリヤと白狐童子(びゃっこどうじ)、共闘する

リリヤ、シャーロットへ
まだまだ経験不足だね。あの扉はただの飾りだよ。本命は、扉の下にある敷物さ。これから一本橋海峡について説明するね。

・全長三百メートル、幅六十センチ。
・行く手には、様々な罠が設置されている。
・橋から落ちて、マグマの中にダイブしたら失格。残機数が減少。
・橋を渡りきったら最下層へ行く階段がある。
・行く手を遮るものは、クエイクなどで対処しよう。

以上が、ルール説明だよ。時間制限はないから、君たちのペースで頑張るといい。扉の色が赤から緑に変化したら、アッシュの結果が出たということだから、どちらかが敷物の上に立つといい。

アッシュが唐突に消えた後、このメッセージが扉のついている壁全体に現れた。

私――リリヤもシャーロットも、その内容を理解し、驚きを隠せないでいる。彼は後戻りができないから、これから一人っきりで『一本橋』を渡りきらないといけない。

「あの扉に騙されましたね」

「うん、アッシュは大丈夫かな？　このメッセージだけじゃあ、一本橋海峡がどういったものなのか、イマイチイメージできないよ」

アッシュなら、橋を絶対渡りきる。だって、地下四階でも最後まで諦めず私を助けてくれたもの。シャーロットも、側面走りで地下四階を苦もなく突破した柔軟性を持っているわ。一番の問題は、私だ。アッシュやシャーロットを支援できた部分もあるけど、助けられた部分の方が圧倒的に多いもの。

「シャーロット、この一本橋海峡って、私たち個人の力を試しているよね？」

彼女もメッセージの内容を見て、難しい顔をしている。

「そうですね。これまでは、仲間同士の結束力を試している節がありました。ここは、完全に個々の力を試しています。ここまで培ってきた力の総決算といった感じでしょうか？」

培ってきた力……か。どんなときでも諦めない不屈の心、クエイクの応用、どれも二人に教えられたものばかりだ。ここでは、私が試されている気がする。

「シャーロット、次は私が行くね」

「リリヤさん……わかりました」

アッシュは、もう一本橋を渡っている頃かな？　頑張れ、アッシュ!!


——十五分後。

あ、扉の色が緑へ変化した!!　アッシュは突破したの？　それとも、残機数を失ったの？　壁には、メッセージが何も表示されない。仲間の結果を教えてくれないんだ。

「アッシュは、絶対突破しているはず!!　シャーロット、行くね!!」

「今のリリヤさんなら、必ず突破できます!!　自分を信じてください!!」

シャーロットに激励され、私は敷物の上に乗る。すると、突然景色が切り替わった。ゼガルディーによって転移されたときの状況と似ているわ。

「あれが、一本橋海峡？」

私のいる場所は、直径二メートルほどある円形の入口、そこから一本橋がまっすぐ続いている。途中霧で覆われているから、ゴールが見えないけど、アッシュはあの先で待っているはずよ。下を見ると、マグマがグツグツと煮えたぎっている。二十メートルくらい離れているのに、少し熱気を感じるわ。落ちたら……ううん、考えるのはやめよう。左右の側壁にあるバズーカらしきもの、あれから球が射出されるのかな？

・幅の狭い全長三百メートルの橋を渡る。
・壁の両側の色んな箇所から、球が襲ってくる。
・多分、罠が他にも設置されているはず。

……行くしかないよね。カゲロウさんから言われたことを思い返す。私は『縮地』を持っていないから、『俊足』スキルを駆使して前進するしかない。球が全方位から襲ってくるのなら、『俊足』だけで緩急をつけよう。一本橋にゆっくり入っていく。

「あ、きちんと固定されているわ。てっきり、ゆらゆら動くものと思っていたけど、これなら安心かな」

あらゆるところから、視線を感じる。あのゴーレムたちがバズーカを使って、球を射出してくるのね。ここを渡りきらないといけないから、クエイクでゴーレムを倒しても意味がないよね。神経を研ぎ澄まして、球の気配だけに集中しよう。回避しきれないものは、クエイクで対応しよう……

来る!!

——ドーーン——左真横!!

——ドーーン——右真横!!

——ドーーン——左斜め前方!!

——ドーーン——右斜め後方!!

これぐらいの速度なら、私でも対応できるわ。どんどん、前へ進んでいこう。

——ドドーーン。

『油断するな。右前方と左斜め後方からも来るぞ!!』

え、白狐童子の声!?

「うわ!?」

二発同時に来るなんて、彼女の声のおかげでなんとか回避できたわ。

『私としても、ユニークスキル「ウィスパーガーディアン」を是非とも入手したい。ここで残機数を減らすわけにはいかん。今回だけは協力してやる』

「白狐童子、ありがとう」

『ちっ、おい前方の上方から何か来るぞ』

私が襲いかかる球を回避しつつ、前方に集中すると、何か声が聞こえてくる。

「リ〜リヤ〜」

え、あれは何？

「リ～リヤ～」

「まさか、道案内ゴーレム⁉」

天井に取りつけられているロープにぶらさがって、私の名前を変な発音で叫びながら、こっちに向かってくる‼

『バカ、後ろからも来るぞ‼』

「え……イッターーーーー⁉」

突然、左後頭部に激痛が走ったわ。球が飛んできていたの⁉

「あわわわわ」

バランスを崩したけど、ギリギリのところで踏みとどまれた。

「リ～リヤ～死ねや～～コラ～～～～」

道案内ゴーレムがロープを離し、私の顔面を狙って何かしようとしているけど、さほど脅威は感じない。

「クエイク」

だって、この子はチビだもの。クエイクを放てば、この通り全てが木っ端微塵となる。

『お前……やつに容赦ないな』

「あんなわかりやすい標的に、脅威は感じないわ。何かする前に、潰せば終わりよ」

『は、いいね‼　お前、私好みに育ってきたじゃないか‼　そろそろ、霧に突入するぞ。気を引き締めろよ!!』

あの霧の先に、何があるの？　霧の中に入り走る速度を少し緩めると、突然右側面真横から突風が襲いかかってきた。くっ、風速がキツイ！

――ドドーーン。

な、速い!!

側壁の右真横と右前方から凄い速度で、球が飛んできた。

『気をつけろ。さっきのゴーレムが前方から来るぞ!!』

「リ～リヤ～」

「嘘、三連続!?」

私は咄嗟にアッシュから貰ったミスリルの剣を取り出し、襲いかかる球に向けて構える。すると、手応えを感じることなく、二発の球が綺麗に斬れてくれた。私は剣術を使えないけど、剣を持つことくらいならできる。

『よし、いいぞ!!』

残りは道案内ゴーレムだけど、クエイクを放つタイミングを見極めないと。

「リ～リヤ～～って、あれ？　か、風が風が風が～～～チックショ～～～～」

道案内ゴーレムはロープを離した後、そのまま右側からの強風に流されて、マグマの中へボチャンと落ちていった。

「え……自滅？　何だったの？　何をしたかったのかな？」

『私に聞くな』

声色(こわいろ)だけで、白狐童子(びゃっこどうじ)も呆(あき)れていることがわかる。あの子の存在意義がわからないわ。とにかく、両側から襲いくる球、右側または左側から襲いくる強風、変な発音で私の名前を叫(さけ)び必ず自滅する道案内ゴーレム、多分私の笑いを誘って油断したところを球でズドンと狙っているに違いない。

「また、霧だわ。次は、何が来るのかな？」

『ここで半分だ。油断するなよ』

霧の中に入り……抜けた!!

「え……この臭いは!?　地下六階のボスゴーレム!!」

——バーーン。

痛、お尻に直撃した!!　あ、止まったらダメ。臭いに関しては、心を無にして何事もなく呼吸を続けよう。臭くない、臭くない、臭くない。

——ド……ドーーーン。

——ド……ドド……ドーーーン。

打ち方が変則的になってきた。

『右後方、左斜め上方、ちっ、数が多い。死角からの球に関しては、私が随時教えていく。お前は前方の視野内から襲いかかる球と、一応あのゴーレムを気にかけておけ』

「わかった」

くっ、当たってたまるもんですか。剣、『俊足』、クエイク、白狐童子(びゃっこどうじ)の助言で、ここを乗り越えてみせるわ!!　当たっても気にしちゃダメ。前へ前へ、前進あるのみよ!!

「また、霧だわ」

あの霧を抜けたら、何が襲いかかってくるのかな?

『これは!?　……リリヤ、霧を抜けたら一気に「俊足」の全速力で駆け抜けろ!!　いいか、絶対に止まるな。私を信じて、何も考えず、ひたすらまっすぐ走るんだ!!』

「え、わかったわ」

あの白狐童子(びゃっこどうじ)をそこまで焦(あせ)らせるものが、霧の先にあるの?

信じて突き進むしかない。霧を抜ける!!

「ひいい〜〜〜、何よこれ〜〜〜」

両側には、何体もの道案内ゴーレムがロープを持ってこちらに飛ぼうと待機しているし、そのすぐ近くにはエンチャントゴーレムがバズーカで私を狙っているわ。おまけに、臭気もさっきより酷くなっている。

あ、私が全力で走り、豪速球を回避していたら、道案内ゴーレムが両側から私目掛けて、例の掛け声とともに向かってきた。

「「「「リ〜リヤ〜、今度は失敗しないぞ〜〜〜」」」」

「え、今までの全部が失敗なの!?」

——ドドドドドーーーーーン。

「いや〜〜〜一斉に来た〜〜〜〜」

道案内ゴーレムの意図がよくわからないけど、全力で走る!!

「「「「ギャアアアーーー、お前ら〜〜〜僕たちにぶつけるな〜〜〜」」」」

あっ!! 道案内ゴーレムたちが、球にぶつかって落ちていくよ!?

「「「「無理に決まっているだろうが〜〜〜〜」」」」

この子たち、何が狙いなの!? 球が減ってある意味助かるけど、意味がわからないよ!!

『揺らぐな。アッシュがいる前方を見ろ!!』

え、アッシュがいるの!?

『リリヤ〜〜〜余計なことを考えるな〜〜〜走れ〜〜〜〜』

アッシュが見えたことで、私の意識の全てが前方に向けられる。こうなったら、当たっても関係ない。アッシュのいるゴールまで突き進むわ!!

30話　シャーロットの見落とし

あ、扉の色が赤から緑へ変化した。リリヤさんの結果が出たんだ。『突破』か『残機数減少』のどちらか一つ、ここからではわからないけど、私は仲間を信じる!! 次は、私の番だ。一本橋海峡、どんな場所なのかな？ 敷物の上に乗ったことで、景色が切り替わる。この感覚は、短距離転移したときと同一のものだ。

「これが一本橋海峡？」

どこまでも続く長い橋、両側面に設置されているバズーカとそれを操作するゴーレムたち。橋の真下では、マグマがプクプクと煮えたぎり流動している。

「なるほどね、何が待ち受けているのか、大体予想がつくよ。さて、行くか!!」

ここは、『韋駄天』と『タップダンス』スキルをフルに使うときだね。ただ、『俊足』『縮地』『韋駄天』スキルの多用は体力を消耗しやすいと、カゲロウさんは言っていた。私の基礎体力とステータス補正の力だと、途中で力尽きるかもしれない。タップダンスの足捌きを利用して、隠れ里で教わった体術『受け流し』を使用していけば、体力の消耗もある程度防げるだろう。

「ゴーレムたち、最後の勝負だよ」

スタートダッシュこそが肝心だ。アッシュさんとリリヤさんが先に挑戦しているので、ゴーレムはある程度慣れているはず。となると……私は、クラウチングスタートの体勢をとる。

「ドン」

――ドドーーーン。

いきなり、左右真横同時攻撃か。やはり、速度に慣れてきているのか、発射するタイミングもなかなかのものだ。

「甘いね。スピードアップ」

――ド……ドドーーーン。

おお、私の速度が向上することを予期していたのか、次に放たれた三発の球のタイミングもバッチリだよ。このままの速度で進むと、私に直撃するだろう。

「さらに、スピードアップ」

ふふ、私の速度が減速することなくより一層向上したことで、両側のゴーレムに動揺の色が見える。スタートダッシュ時、ＭＡＸの五十パーセントほどの速度しか出していない。一回目のスピードアップは六十五パーセント、二回目は八十パーセントほどの速度に抑えている。あなたたちが私の速度を予測するように、私もあなたたちの思考を読んでいるのよ。

くくく、クラウチングスタートの体勢をとれば、全速力で挑むと思っただろうけど、六十〜八十パーセントを維持し、緩急を入れながら突き進む。

——ドーン。

——ドドーン。

——ドドドーン。

「「「「うがあああーーーーーー」」」」

「あははは、その程度ですか？」

どんどん球数が増えてきている。

——ドドドドドド。

げ、六方向からの時間差攻撃!?

この角度とこのタイミングならば、当たる場所も限定されてくる。

「ここで急ブレーキ!!」

私のすぐ前を六つの球が素通りしていく。

「あははは、止まったな～～～。死ね～～～～」

三体の道案内ゴーレムがターザンのように、天状から吊るされたロープを持ち、私を狙いうちしてくる。

「クエイク」

あなたたちの相手をしている暇などない!! 他のゴーレムたちも、止まっているのを好機と見たのか、一斉に球を放ってきた。

「かかった。全速ダッシュだ」

ふふふ、球を装填するまで、若干のロスがある。そこを利用させてもらおう。

「「「「シャーロット～～～」」」」

エンチャントゴーレムも話せるんだ。私の策に嵌まったことを理解したのか、怒り狂って見境なく次々と球を放ってきたよ。

「あははは、甘い甘いね。そんな照準で、私に当たると思っているのかな?」

そろそろ、霧に突入する。問題は、ここからだ。

霧を抜けると、そこは暴風雨の世界だった。

「うわあ、向かい風だ!! これじゃあ、強制的に減速しちゃうよ!!」

しかも、雨が激しすぎて痛いんですけど!!

——ドドドドドーン。

今、目の前に球が⁉　暴風のせいで、狙いが甘くなることを見越して、大量発射してきたの⁉

「うわ、危ない‼」

暴風の中、数発が直撃しそうになって、咄嗟にしゃがんだことで難を逃れたけど、今のは左右斜め前方からの球だよね？　暴風雨のせいで、視界が悪い。おかげで、対応が遅れてしまう。

——ドゴーーーン。

む、音が違う。雨風のせいで、打った場所がわからないけど…………来る‼

「ヘッドスライディング〜〜〜〜」

お、私の真上をやたらデカい球が通りすぎ、橋に直撃した。

「なぜだ、なぜ落下しない‼」

理由は言えません。

音が通常よりも大きいということは、これまでの球と異なるということだ。球の大きさ、威力のいずれかに変化があると睨んだ。それに、あれだけ球を放っているのに、なぜか橋自体に当たってもあまり揺れなかった。もしかしたら、橋自体に強化魔法を仕込んでいるのかなと思い、ヘッドスライディング後にしがみついておいて正解だったよ。

——ドドドドドドドドドド。

ちょっと、その球数はやりすぎでしょ⁉

「イタタタタ」

少しずつでも、前進しておこう。

「シャーロット～～死にさらせ～～～～」

これ見よがしに、道案内ゴーレムが死角から襲ってきたか。

「お前はうるさい、クエイク」

「チックショ～～～～」

照準が甘かったせいで、左半分だけが崩壊し、残りはマグマへ落ちた。あれ、球の射出がやんだ？　この機を逃したらダメだ。一気に進もう。

——ドーン。

「イッターーーー」

私が起き上がった瞬間を狙われた⁉　左腰を強打したけど、無視だ。前進あるのみ‼

やっと、霧が現れたよ。これで、暴風雨エリアから抜け出せる。次は、どんなエリアかな？　二つ目の霧を抜けると、そこは雪国……じゃなくて、『ホワイトアウト』の世界だった。

「ちょっと～～今度は暴風雪なの⁉　しかも、さっきより視界が悪いよ‼　アイタ‼　わたたたた」

後頭部を強打したせいで、危なく倒れそうになったよ。『状態異常無効化』スキルが有効になっているから、寒さに関しては問題ないけど、物理的な視界不良に関してはどうしようもない。しかも、さっきよりも激しいせいで、音がほぼかき消されている。今度は追い風で、風速も十五メートルくらいある。全速力で走れば、バランスを崩してマグマへと落下してしまう。危険だけどゆっくり歩き、全身の神経を研ぎ澄まして、ギリギリで回避していこう。

○○○

音のない球が、次々と私を襲う。タップダンスの足捌き(あしさば)きを利用して球を受け流しているけど、これはかなりの綱渡り状態だ。

「死ねや～～～～」

えっ、左側面から道案内というかターザンゴーレムが突然襲ってきた!? 暴風雪で見落とした!!

まずい、反応できない!! このままだと、『マグマに沈む』か『敵の手の中で沈む』のどちらかだ。

「やった、捕まえたぞ～～お前だけは僕の手で残機数を減らしてやる～～～」

「残念、『捕まえた』ではなく、『捕まった』が正解だよ。自分の状況をよく見なさい」

私は彼の攻撃で橋から離れてしまったけど、ターザンゴーレムは右手でロープを持っているため、私の残機数を減らすには左手を私に接触させないといけない。だから、私は彼の左腕を掴んだのだ。この位置なら、手を私に接触させるのは不可能だ。

「この野郎、あとは手で触れるだけでいいのに～～～ちくしょ～～～」

「こら、暴れるな!!」

よし、振り子の反動で橋に戻ってきた。ただ、暴風の影響で速度がかなり出ている。タイミングを間違えないように飛び移らないといけない。

「やあ!!」

「ちくしょ～～～あと少しだったのに～～～～」

橋の上をかなり転がったけど、なんとか戻ってこられたよ。あのゴーレムが私とともに心中の道を選んで、右手を離していたら、間違いなく残機数を減らしていた。本当に危なかったよ。捕まらないうちに、全速力で前へ進もう。

「さすがに……しんどくなってきたな。でも、あと少しの辛抱だ」

ここのエリアは音もわからないし、気配も掴みづらい。

「え、何これ!?」

暴風雪が急にやんだと思ったら、全てが黄色一色の世界になったんですけど～～。橋も側壁もゴーレムも天井もマグマも、全てが黄色だよ!?

「これは反則でしょう？」

——ドーン。

「え、どこから……ゴホ～～～」

ひっ、左脇腹に直撃した。

「うぬ、おのれ～～」

全てが黄色、つまり同系色のせいで、橋自体も見えない。さっきの球も黄色だったため、直撃するまで全くわからなかった。

——ドドド……ドーーン。

やばい、走れ、走れ、全速力プラス『縮地』スキルを使えば、直線的に進める。

「あ、風が……しゃがまないと、当たる!!　イタタタ」

あちこちから、球が飛んできて私に当たる。しゃがんでいるおかげで、ダメージをある程度軽減できているけど、このままじゃあ身が保たないよ。

「くっ、まだまだこれくらいで」

橋の両端は……ここか。よし、一か八（ばち）か『縮地』込みの全速力で一気にここを駆け抜けてやる。私の体力全てを、この走りに懸ける!!

「いけえええぇぇぇぇぇ～～～～～～」

全て黄色の世界だから、気配とかも直前までわからない。走れ、走れ、走れ～～～～。

《『環境適応』スキルにより、ナルカトナ遺跡内における『スキル封印』『魔法封印（一部）』『ステータス固定』が全て無効となりました。今後、遺跡またはダンジョンで発生する特殊条件の状態異常には、一切かかりません。ただ今より、ステータスが復帰します。なお、新たなユニークスキル『身体制御』を獲得しました》

え、今なんて言った？　ちょっと、もう一回アナウンスしてよ、プリーズ!?　あれ？　なんか速度がどんどん上がってない？

「ちょっと～～嘘でしょ～～～なんで、このタイミングで～～～～」

あ、アッシュさんとリリヤさんがいた!!　ということは、あそこがゴールか!!　嬉しいことなんだけど、今はまずい、非常にまずい!!　急に力が戻ったせいで、制御できないよ!!　今まで１５０の全力だったのが、２５００の全力になってしまったのだ。私とぶつかっただけで、二人は即死してしまう!!

「アッシュさ〜〜ん、リリヤさ〜〜〜ん、逃げて〜〜〜止まれないよ〜〜〜〜」

二人は状況をいち早く理解したのか、さっと道を開けてくれた。

——ドゴーーーーーーーーン!!

ナルカトナ遺跡全体が私の突進攻撃により、大きく大きく揺れる。多分、地震だと震度七くらいあるんじゃない?

「「シャーロット〜〜〜〜」」

「うわあ、壁に人形(ひとがた)が!? しかも、めり込んでいるじゃないか!?」

「アッシュ、早く助けようよ!!」

二人は壁に埋(う)まった私を、必死に壁から引きずり出してくれた。

「ゲホゲホ……ありがとう……ございます。助かりました」

全く動けない状態だったので、本当に助かった。

「シャーロット、突然どうしたんだ? いきなり速度が物凄(ものすご)く向上したけど?」

「そうだよ、急だったから私たちも怖くなって避けちゃったよ」

回避して正解なんですよ。

「全力で走っている途中、ステータスの声が聞こえたんです。『環境適応』スキルにより、身体がこの遺跡の環境に慣れて、ステータスが元の数値に戻ったんです。力が急に戻ったせいで、私も制御できず暴走したんですよ」

「え……まさか……僕たちが回避できなかったら……」

二人は私の状況を完全に理解したことで、顔が真っ青になっていく。

「当たった瞬間、即死……ですね」

てっきり、『環境適応』スキルも封印されているとばかり思っていたよ。ナルカトナ遺跡を突破できたことは嬉しいけどさ、何もあのタイミングで環境適応しなくてもいいでしょうに。最後の最後で少しやらかしてしまったけど、とりあえず遺跡攻略完了だ。

31話　ナルカトナ遺跡完全制覇

アッシュさんもリリヤさんも、一本橋海峡を突破できてよかった。やっぱり三人揃って、最下層に行きたいもの。

「アッシュさん、リリヤさん、これで最下層に行けますね」

「僕は、ずっと胸がドキドキしていたよ。リリヤと話していたんだけど、一本橋海峡の前半は二人ともほぼ同じだった。でも、後半からは僕と違っていたんだ。シャーロットのときも、突然最後の関門となる場所が黄色一色に染まったから驚いたよ」

「私のときは、道案内ゴーレムが両側面に大勢いて、天井に吊るされた紐を持って、変な発音で私を呼びながら、襲ってきたの。おまけに、エンチャントゴーレムもバズーカの球をいっぱい射出してきたから焦ったよ」

それだけの数だと、クエイクや剣を使用しても対処しきれないよね？

「白狐童子の助言に従って全速力で走ったんだけど、バズーカの球が次々と道案内ゴーレムに当たるというか、道案内ゴーレムが球の射線上に入って当たるというか、とにかく同士討ちを始めちゃって、私も転げ落ちそうになったわ」

白狐童子が助言を与えるなんてね。リリヤさんのことを、少しずつ認めているようだ。あと、道案内ゴーレムたちの結末が悲惨だよね。彼女を笑わせて落下させるのが目的だったのだろうか？

「あれは、僕も驚いた。道案内ゴーレムがエンチャントゴーレムに抗議していたから、あれは素で失敗したんだと思う」

私のときと全然違うんですけど？　まさか、リリヤさんのときに犯した失敗を見直して調整してきたの？

「道案内ゴーレムは、私をやたら敵視していました。暴風雪のエリアではかなり危なかったです」

「暴風雪!?」

二人の反応から察するに、どちらにもなかったのね。

「シャーロットは道案内ゴーレムのことをチビ呼ばわりしていたから、恨まれていたんだよ」

「あはは、アッシュの言う通りかもね。これからは、魔物をからかっちゃダメだよ」

「そうします。そろそろ、最下層に行きますか？」

「ああ、行こう。最下層の石碑に何が刻まれているのかを確認しよう!!」

いよいよ、石碑を拝めるのか。どんな内容が刻まれているのかな？

私たちは胸をときめかせながら、最下層へと続く階段をゆっくりと下りていく。そして、最下層に足を踏み入れると、そこは真っ昼間のように明るく、見渡す限り色とりどりの草花で溢れていた。

「うわあ〜綺麗〜、ここが最下層なんだ〜」

「綺麗ですね〜。心が癒されます」

「本当に綺麗だ。最下層が、こんな場所だったなんて意外だ」

私たちが感動包まれているとき、どこかからパチパチと拍手の音が聞こえてきた。音のする方向を見ると、そこに一体の土精霊様がいた。精霊様の身長はみんな大体同じで、小柄な私の肩に乗れる小さな妖精さんなんだけど、この方は可愛い感じの男の子だ。

「シャーロットと愉快な仲間たち〜〜、ナルカトナ遺跡完全制覇おめでとう〜〜〜。ここが最下層だよ〜。石碑の内容を見る前に、まずは自分たちのステータスを確認してみて。三人とも驚くよ〜」

ここからでも、石碑は見える。早く内容を確認したいところだけど、まずは言われた通り、自分のステータスを先にチェックしよう。ステータス数値がどこまでアップしたのか、また新たなスキルを獲得しているかもしれない。

「「「ステータス」」」

おお、私のレベルが21から23に上がっている。ドールマクスウェル、ユアラ、ナルカトナ遺跡のゴーレムたち、ここまでの経験で二つも上がったのか。ステータス数値は……うそ〜ん、王都出発前は２５００前後だったのに、３０００〜３５００まで上がっている。上げ幅が、どう考えてもおかしい。原因は、やはり『環境適応』だろう。通常のレベルアップによる数値増加と、ナルカトナ遺跡の環境に適応したことで生じる補正値とが加わったことでこの上げ幅となるのなら、納得できる。

「シャーロット、浮かない顔をしているけど、どうかしたの？」

土精霊様が、心配そうな顔で私を見つめてくる。

「土精霊様、ガーランド様が与えてくれた『環境適応』スキル、これは危険です。私以外に、与えた人はいますか？」

このスキルを他者に所持させてはいけない。私のように適応してしまったら、際限なく強くなってしまう。

「そのスキルは、シャーロット専用だよ。ガーランド様だって、そのスキルの危険性を十分理解している。君を生存させるには、この異常なスキルを与えるしかなかったんだ。『環境適応』スキルだけはその特性もあって、僕のシステムでも封印させることはできなかった。だから、最後の最後で機能したんだよ。まあ、あのタイミングで機能したのは全くの偶然だけどね」

そうなの？　この様子からすると、本当のことなんだね。

「それを聞いて安心しました。今後、私だけはナルカトナ遺跡のような特殊条件下においても、スキルや魔法封印、ステータス数値の固定といった特殊異常も無効化されるようです」

「そのスキルの特性って、本当に反則だよね～～～あははは」

笑いごとじゃありません。私の身体が、ますます非常識になっていきます。アストレカ大陸に帰還できたら、これまでの経緯をお父様たちに報告しないといけない。ありのままを伝えてしまうと、お父様もお母様もお兄様もマリルも卒倒するかもしれないけど。

「君が不安になる気持ちもわかる。安心して。ガーランド様はそのために、ユニークスキル『身体制御』を君に与えたんだ」

そういえば、新たに入手していたよね。どんな効果があるのかな？　あ、スキルの方を確認したら、新たに『受け流し』『カウンター』『無の境地』『身体制御』、魔法欄にはクエイク、ボム、マックスヒール、称号欄には『不屈の心』が追加されている。

一本橋を突破した時点で、マックスヒールを使用可能にしてくれたんだ。おまけに、使用方法も詳細に記載してくれている。消費ＭＰは五十と多いけど、手足欠損などの重度の怪我も治療可能となる。

マックスヒールは個人に対して、リジェネレーションは複数人に対して治療できる。そして、完治するまでの時間も異なる。マックスヒールは三十秒ほど、リジェネレーションは怪我の度合いにもよるけど、最低五分以上かかる。今後、多用していくだろうから慣れておくべきだよね。

気になるのは、ユニークスキル『身体制御』と称号『不屈の心』かな？

身体制御

自分のステータスの数値を、現在の上限まで自由に増減させることが可能となる。全てをゼロにすると、ステータス補正の効果がなくなり、本来持つ身体の能力だけになってしまうので注意する

こと。

おお、このスキルはありがたいよ!!　地下六階の砂漠で、自分の基礎体力のなさを痛感したからね。基礎体力を鍛えていくためにも、有効活用していこう。

不屈の心
どんな過酷な状況に陥っても、決して諦めず、目的を達成した人に贈られる称号。
(副次的効果：特殊条件を満たしたときのみ、全ステータス数値が五分間だけ１００向上する)
(特殊条件：戦闘中、ＨＰがＭＡＸ数値の二十パーセント以下となったとき)

これは、アッシュさんやリリヤさんに是非贈りたいものだ。二人は、貰っているのかな？

「アッシュ、私の称号欄に、『不屈の心』が追加されているわ。追い詰められないと発動しないけど、これって役立つよね？」

「ああ、今の僕たちにとって重宝する称号だよ。それに、回復魔法とユニークスキル『ウィスパーガーディアン』も追加されている。やった、やったぞ!!　これで、僕たちはまた一歩強くなれたんだ!!」

「新たに入手した回復魔法が赤字で使用不可となっているけど、これは仕方ないよね。一番嬉しいのは、私の『精神制御』のスキルレベルが1から4へ、『魔力循環』『魔力操作』『魔力感知』のスキルレベルが2から4に上がったこと!!」

「凄いじゃないか!!　隠れ里と遺跡内での経験が活きたからこそ、そこまで上がったんだよ!!」

アッシュさんは、Dランク上位（能力値：平均１８０）からCランク中位（能力値：平均２４０）と大きく向上している。そしてリリヤさんは挫折・敗北・諦観などを経験し、かつそれらを乗り越えられたからこそ、今の成長に繋がったのだろう。なんせ、Dランク下位（能力値：平均１２０）からCランク下位（能力値：２１０）まで向上しているのだから。

「土精霊様、スキルを確認しました。『身体制御』を利用して、基礎体力を鍛えていきますね」

「シャーロットのその笑顔が見たかった。もう『スキル封印』や『ステータス固定』もされないから、そもそも鍛える必要性もないんだけど、ユアラがいる以上、安心はできないか。いいかい、基礎体力を鍛えるときは、絶対に一人でやらないこと。必ず信頼できる強者に護衛してもらうんだ」

ああ、そうか。基礎体力の訓練をしているときに限り、私は簡単に暗殺されてしまう。現時点でかなり注目を浴びているし、注意しないといけない。

「わかりました。ところで、地下四階以降はユアラのシステムを利用して、土精霊様が管理していたんですよね？」

「そうだよ。正直、僕自身も見ていて申し訳ないと思った。だってさ、あいつはどの階でもシャーロットたちの行動を予測して、変な声や紙とかを用意していたんだ。こういったものを排除しようかと思ったけど、今後ユアラと戦うことを考えたら、耐性をつけておいた方がいいかなと思って、そのまま放置しておいた」

土精霊様も、私たちを気遣ってくれていたんだね。面白がって放置していたのなら、きつ～いお仕置き『顔面ドリブルの刑』を執行しようかなと思っていたけど、その必要はないようだ。

「ユアラの居場所についてはわかりましたか？」

若干の期待を込めて尋ねたのだけど、土精霊様が残念そうな表情を浮かべる。

「ごめん、僕たち精霊やガーランド様が必死に捜しているのだけど、居場所を全く掴めないんだ。おまけに、彼女は自分の存在を他者に置き換えているせいもあって、僕たちは世界中を駆け巡る羽目になった。ここまで馬鹿にされるのは初めてだ!!　あいつ、絶対に許せない!!　見つけ次第、八つ裂きにしてやる!!」

『自分の存在を他者に置き換える』――そんな芸当ができるなんてね。彼女は何者なのかな？　そして、神や精霊様たちをからかう行為が、何を意味するのかわかっているのだろうか？　ここまで精霊様たちを憤慨させるのだから、もし彼女の存在を特定できたら、タダでは済むまい。

「そうそう、シャーロットには色々と迷惑をかけちゃったから、マックスヒールだけでなく、『ミスリルの屑五十キログラム』もプレゼントするよ。マジックバッグに入れてあるから確認してね」

五十キロも貰っていいの!?　ステータスでバッグの中身を確認すると、『ミスリルの屑：五十一キログラム』と記載されている。

「ありがとうございます。これで、色々と作れますよ。今後、ホワイトメタル関係で何か目新しいものを制作する際は、アッシュさんやリリヤさんと相談してから行いますので安心してください」

「魔石融合とかでクロイスに怒られて以降、君は他者と相談し事を進めているから大丈夫だと思うけど、ホワイトメタル関係は戦争に発展しかねないから慎重にね」

「はい」

「ところで……君たちは石碑を見たいんだよね？」

いきなり、何を言うのだろうか？

私たちは互いに顔を見合わせ、一斉に土精霊様を見る。

「ええ、僕たちは、そのためにナルカトナ遺跡へ来ましたから」

あれ？　土精霊様が苦笑いを浮かべているんですけど？

「あの……三人にお願いがあります」

「急に改まって、どうしたんですか？」

アッシュさんの言う通りだよ。なぜか、急に挙動不審になっている。

「あのね、石碑の内容を知っても、決して石碑を破壊しないでほしいんだ」

「「「は⁉」」」

石碑の内容を知っただけで、破壊するわけがない。でも、土精霊様の言い方で、長距離転移の座標について記載されていないことはわかったので、少しショックだよ。

「土精霊様、安心してください。僕もシャーロットもリリヤも、過去の人を冒涜するような行為は絶対に行いません。長距離転移の情報がなくても、過去の人たちの何気ない日常だって、重要な情報の一つですからね」

「え……うん、何気ない日常の情報……かな？」

なぜ、あやふやな言い方なの？　土精霊様が、ここまで言葉を濁すとは、石碑に何が刻まれているのかな？

「とにかく見に行こうよ。石碑の内容を知っただけで、そんな破壊衝動を起こすわけないよ」

リリヤさんが先頭になって、私たちは石碑のもとへ歩き出す。ユアラやゼガルディーの件もあって、ここまで来るのに相当な苦労を要した。石碑の内容が何気ない日常の内容であっても、それは仕方ないことだよ。どんな内容が刻まれているのかな？

32話　刻まれた懺悔

ついに、私たちは石碑のもとへ辿り着いた。いよいよ、内容を拝めるぞと思っていたのだけど……

「アッシュ、石碑に刻まれている文字を読める？」

「いや、全然読めない。こんな文字、まだ学園でも習ってないよ」

二人が、難しい顔をしている。私もイミアさんたちから、現在の魔人語の文字を習ってはいるけど、石碑に刻まれている文字は古すぎて、今の文字の面影が全くない。そういえば、トキワさんは師匠でもあるコウヤさんに古代語を学んだと言っていたよね。

「私は前世の記憶を一部持っているせいか、『全言語理解』というユニークスキルを持っていますので、読み書きの読みだけは可能です」

隠れ里で前世の件を一部話しているから、今なら明かしても問題ない。

「そんな便利なスキルを持っていたの？」

「リリヤさん、動物や魔物の言語も理解できますので、便利でもありますが不便でもあります。戦闘中、出鼻を挫かれるときだってありますので」

「あ、確かに」

ここにいるゴーレムたちは全員魔人語で話していたけど、通常はある程度知能が高くないと話せないんだよね。

「シャーロット、何が書かれているのか教えてくれないかな？」

「はい、解読を開始します」

アッシュさんに言われ、私は石碑をじっと見つめる。読み進めていくうちに、私の表情がおかしくなっていることに気づいたのか、アッシュさんとリリヤさんは心配そうな顔で私を見つめている。

解読作業は、五分ほどで完了した。

「シャーロット、険悪な顔をしているけど、何が刻まれていたの？」

「リリヤさん、私としては石碑に刻まれている人物に対し、『諸悪の根源はお前らかよ!!』とツッコミたいです」

「「は!?」」

私の怒りと呆れを察知したのか、土精霊様が慌てて私のもとへやってくる。

「シャーロット～君の言いたいことはわかるけど、破壊だけはしないで～。これを護る僕のことも考えてよ～」

うぬぬ、土精霊様が土下座までしている。ガーランド様からこの情報を護れと言われている以上、必死になるのもわかるけどさ。解決するのも時間の問題だし、護る必要性はあるのだろうか？

「シャーロット、落ち着いて。石碑に、何が刻まれていたんだ？」

「ここまで苦労して辿り着いたのだから、破壊だけはダメだよ。何気ない日常生活が刻まれているだけでしょ？」

確かに、何気ない日常だよ。でも、内容が……ね。

「とりあえず、今から刻まれている内容を言いますね」

私の言葉に、二人は固唾を呑む。

「なぜシャーロットがあんなツッコミを入れたいのか、その理由を知りたい」

「うん、シャーロット、読んで」

「削れている箇所もあるので、そこは私が勝手に補完して読み進めます」

この内容を知った二人がどういった行動を取るのか、正直わからないけど、全てを明かそう。

せっかくだから、感情を込めて読んであげよう。

「私たちは強大な妖魔族を討ち滅ぼした地上最強種の鬼人族。だから神ガーランドと名乗る男に興味を持ち、話を聞いた。彼は、『力に驕るな。最強種ならば、他の種を導くのだ』と我らを言葉で戒めた。しかし、それが『鬼神変化』スキルを持つ三人の闘争本能を刺激してしまい、彼らは神と名乗る者に戦いを挑んだ。その行為が神への冒涜と見做され、神罰が下る。あの者は右腕の一振りだけで我が国に大被害を齎したのだ。我々の多くが戦意を失ったにもかかわらず、あの三人だけは目を血走らせ、戦いを仕掛けていった。その結果……我々は……禿げた。子孫たちよ、すまない。愚かな先祖を許してほしい。我ら鬼人族の血を受け継ぐ者は、今後……男女全員が『禿げ』と戦っていかなければならない。前頭部だけ、右半分だけ、後頭部だけ、側頭部だけ、禿げ方も多種多様、大人子供関係なくみんなが中途半端に禿げる。これは、あまりにも酷い呪いだが、全て私たちに非がある。いつの日か……どうか……どうか……鬼人族の禿げを治せる者が現れることを切に願う。

鬼人族　東雲一族頭領　フェルカ・シノノメ」

　これが、全容だ。まさか、魔鬼族の禿げの原因となる情報が刻まれていたとはね。前半は重く情けない話だけど、後半がアホらしく感じる。『鬼神変化』スキルを持つ三人が、ガーランド様に戦いを挑み続け、怒りを買い、神罰『禿げの呪い』を振り下ろされたのだ。つまり、禿げの原因は、間違いなく『鬼神変化』を持つ戦闘狂の三人にある。

　その力を受け継ぐコウヤ・イチノイが、トキワさんに対し口を閉ざす理由もわかる。彼は戦闘狂だから、本来であれば絶対に教えておくべき内容だ。でも、当時の彼は十代中頃、下手に内容を教えてしまうと好奇心を刺激され、実際に自分の目で見たくなり、内緒で挑戦するかもしれない。心の面で未熟だったからこそ、コウヤさんはナルカトナ遺跡の怖さを教え、石碑の内容に関しては『沈黙』という選択肢を選び、トキワさんを脅したんだ。

　言い方次第ではかえって危険だけど、彼の性格を理解して諭させたんだと思う。リリヤさんも

『鬼神変化』スキルを持つ一人。この内容を知った彼女はどんな反応を示すだろうか？

「いやあぁぁぁぁ～～そんな中途半端な禿げは嫌～～～」

彼女の絶叫する声が、最下層に響く。

「リリヤ、落ち着け!! これは三千年以上前の話だ。現在、禿げで頭を悩ませているのは、魔鬼族の男性陣だけ。むしろ、気にするのは僕の方なんだよ。土精霊様、この内容は事実なんですか？」

ただ、『洗髪』スキルもあるから、禿げ問題も数年のうちには解決すると思う。

「うん、事実だよ。今から約三千年前の話だね。当時、『鬼神変化』スキルで我が物顔だった鬼人族たちを戒めるため、ガーランド様の分身体が地上に降り立ち警告したのさ。でも、鬼人族の一部がガーランド様に楯突き、あろうことか戦いを挑んだ」

うん、アホの所業だね。相手が神である以上、存在感や気配が普通ではないはず。百戦錬磨の強さを持った鬼人族なら、それだけで相手の力量だってわかるだろうに。

「本当に馬鹿な連中だったよ。ガーランド様は、鬼人族の驕りを許さなかった。だから罰として、一族全員に歳を重ねるごとに禿げていく呪いを与えた。現在、その呪いの効果は、三千年という長い年月のおかげもあってほぼ消失しているよ。まあ、魔鬼族の一部の男性陣にだけ継続されていたのだけど、新たに開発された『洗髪』スキルを使用すれば、その呪いも完全消滅する」

「よかった～～この石碑を読んだら、私もいつか禿げるんじゃないかと思ったよ」

「平民である僕も、少しずつ禿げていくかもしれないのか。『洗髪』スキル、ジストニスの男性陣にとって生命線となるね」

魔鬼族の男性だけがなぜ禿げていくのか、その原因となる歴史がナルカトナ遺跡の石碑に刻まれていた。クロイス女王、イミアさん、アトカさんがこの内容を知ったら、どんなツッコミを入れるだろうか？

「シャーロットの言っている意味がわかったよ。確かに、僕も先祖たちにツッコミたい気分だね。ガーランド様に喧嘩を売るって馬鹿じゃないのか？」

「本当だよ!!　この人たちが原因で、みんな大変な目に遭ったんだから!!」

内容を知ったことで、二人とも私と同じ気分になってくれたか。

「一応、この情報をクロイス女王に報告しようと思いますが、いかがでしょう？」

「僕は報告すべき事項だと思う。多分、重要機密扱いされて封印されると思うけど」

「頭領のフェルカさんは、きちんと反省しているからこそ、この遺跡に情報を残したんだよ。ありのままをクロイス女王に報告しようよ」

どうやら、三人の意見が一致したようだ。この情報をクロイス女王に報告し、ジストニス王国の歴史に刻んでもらおう。

――ピコン。

「「「え？」」」

三人同時に声を上げるということは、三人ともステータスが更新されたのかな？　ステータスを開き更新内容を確認すると、なんと新たな称号が追加されていた。

「は……禿げの功労賞ですか」

禿げの功労賞

魔鬼族たちの抱える禿げの悩みを解決しただけでなく、その発端が記された石碑を発見し読み解いた者に贈られる称号。副次的効果として、下記の四つが挙げられる。

1）将来、絶対に禿げない。

2）『洗髪』スキルの入手。

3）他人に『洗髪』スキルを付与することが可能となる。

4）この称号を持つ者が他者を洗髪すると、どんな呪いであっても浄化される。

これは、素晴らしい効果だと思う。他者に対して『洗髪』スキルを自由に付与できるのはありがたいし、なんといっても呪いを浄化させる力がいい!! アッシュさんとリリヤさんは貰えているのかな?

「称号が増えた!! 『禿げの功労賞』という称号名が気になるところだけど、この副次的効果は嬉しい!!」

「私も、アッシュやシャーロットと同じ称号だ!! 洗髪すれば、どんな呪いも浄化できるって凄いよ」

三人揃って、同じ称号を貰えるとは思わなかった。

「現状の『洗髪』スキル保持者の数は、圧倒的に少ない。僕たち三人の力で、『洗髪』スキル保持者を増やしていけば、早い段階で『禿げの呪い』を駆逐できる!!」

「それに魔鬼族だけでなく、他の種族の人たちの禿げも治せるよ。旅を進めていくたびに、どんどん『洗髪』スキル保持者を増やしていこうよ!!」

『洗髪』スキル保持者が増えていけば、今後理髪店も数多くできるかもしれない。この悩みを抱えている人たちは世界中に存在しているから、私もアストレカ大陸へ帰還したら、多くの人に付与していこう。このスキルに関しては悪用しようがないから、すれ違う人に勝手に付与しても問題ないと思う。一応、きちんと三人で検証してから考えていこうかな。

「シャーロット、今回は残念だったね。遺跡は世界中にたくさん残されているから、諦めず探していってね。その中のいくつかは、ナルカトナと似たような特殊ダンジョンになっているから気をつけて。ユアラに関しては、引き続き調査していくから、何かわかり次第教えるね」

「ユアラに関しては、お任せしますね。私たちは引き続き、転移魔法を求めて旅を続けます。次の目的地はまだ決めていませんが、一旦王都に戻って今回の件をクロイス女王に報告しておきます」

アイリーンさんから仕入れた情報だと、石碑の内容が不明とされている遺跡は三つある。サーベント王国の『クックイス遺跡』、バードピア王国の『迷いの森』、あとフランジュ帝国にも一つあったよね。詳しい内容を聞いてから、次の目的地を決めよう。

「あ、そうだ!!　土精霊様、『状態異常耐性』スキルを入手したい冒険者は、かなり多いです。地下六階のシステムをそのまま利用できませんか?」

土精霊様が驚きの顔を見せる。

「なるほど!!　地下四階以降のシステムは、ユアラが考案したものだからちょっと複雑だけど、利用させてもらおう。そうだな〜。地下六階を気絶せず突破した者のみ、『状態異常耐性』スキルを入手できることにするよ。この特権を聞けば、鉱石目当ての冒険者だけじゃなく、優秀な者がカッシーナに集まるだろうしね」

おお、話のわかる精霊様だ!!　私の意図を、すぐに理解してくれたよ。

「ただ、シャーロットが残機数大幅アップの秘策に気づいたように、他の冒険者も自分の力だけで、いずれ考案するかもしれない。ルールの改善と、地下四階以降を普段のものに入れ替えないといけないし、僕としても少し改良を施したい。シャーロット、しばらくの間地下三階までしか探索できないことを冒険者ギルドに伝えておいて」

「わかりました。冒険者ギルドのアイリーンさんに伝えておきます。私たちは、そろそろ地上に戻りますね」

ナルカトナ遺跡、ここで起きた出来事は私たちにとって、記憶に残るものとなった。ユアラに弄(もてあそ)ばれたことがキッカケとなって、三人全員が自分たちの欠点に気づき、また一つ強くなれたのだから。私たちは土精霊様にお別れを告げ、最下層にあるガーランド様の像に触れ、遺跡入口へと戻っていった。

最下層から遺跡入口へと転移させてもらい、私たちは四日ぶりに本物の太陽の光を浴びる。

「シャーロット様、お待ちしておりました」

突然声をかけられたため、私たちはビクッと立ち止まる。

「え……どなたですか？」

初見だよね？　真っ白い髪、国王と謁見するかのような正装スタイル、上品で優雅な出で立ち、本当に誰？　アッシュさんとリリヤさんも困惑顔だから、知らない人……だよね？

「ゼガルディー・ボストフでございます」

「「「ええ!?」」」

ゼガルディーって、あのゼガルディー!?　溢れ出る雰囲気が、これまでの彼と別人なんですけど!!

「本来であれば、これまでの罪をきちんと償ってからお会いしたかったのですが、あなた方がナルカトナ遺跡へ向かったという情報を冒険者ギルドでお聞きしました。シャーロット様であれば、必ず最下層まで到達しダンジョンを攻略すると思い、ここで待ち続けておりました」

周囲には、ゼガルディーをお仕置きした際に出会った屋敷の警備員や使用人たちがいて、朗らかな顔で私たちを見ている。

「やはり、女神様は素晴らしい。ハーモニック大陸最高峰と言われるナルカトナ遺跡を、二度目の挑戦で完全制覇されるのですから。七年前に攻略したコウヤ・イチノイですら六度目の挑戦で制覇

したと言われております」

うん、制覇したってどうしてわかるの？

「ゼガルディー様」

「あははは、女神様、私めのことはゼガルディーとお呼びください。私のような罪深い者に敬語など不要です。お仲間のアッシュ様やリリヤ様も、どうかゼガルディーと」

「「様!?」」

これが、あの傲慢なゼガルディーなの？　お仕置き完了後の彼もおかしかったけど、てっきり一時的なものとばかり思っていたよ。

『シャーロット、君がゼガルディーと話を進めてくれないかな？　周囲に人がいる状態で、平民の僕たちが伯爵令息を呼び捨てで呼べないよ』

これは、アッシュさんのテレパスだ。

『それもそうですね』

というか、本来私も呼べないんだけど、聖女と言われているからまだ許されるだろう。

「ゼガルディー、どうして私たちがダンジョンを制覇したとわかったのです？」

「ご存知なかったのですか？　制覇した者は例外なく、中央の石碑下にパーティー名とパーティーメンバーの名が刻まれるのですが？」

「「「え!?」」」

ゼガルディーの言葉に驚き、私たちは一斉に中央石碑の下を覗き込む。すると、コウヤ・イチノイの下に、私たちのパーティー名と名前がしっかりと刻まれていた。

「なんてこと。アッシュさん、恨みますよ」

「そうだよアッシュ。あなたが適当に考えたパーティー名と私たちの名前が、一生消えない石碑に刻み込まれたんだよ。……あ……白狐童子も大笑いしているわ」

最悪だ。アイリーンさんや、ゆりかごの面々にだけ制覇したことを教えようと思っていたのに、これじゃあカッシーナだけでなく、いずれ国中に知れ渡ってしまう。特に、パーティー名のせいで、特に私の名前が広く知れ渡ることになる。

「あはは……ごめん。石碑をきちんと見ていなかった」

笑いごとじゃありません!!

「まあまあ、いいではありませんか。アイリーンから、少し事情を伺っております。女神様の名が広く知れ渡るのは、旅を続けていく上で好都合じゃないですか」

それはそうなんだけど、はあ~仕方ないか。

警備員や使用人の顔色を窺うと、みんな笑顔で私たちを見守っている。ゼガルディーの変化は本物のようだ。一応、女神らしい口調で、彼に応対しよう。

「ゼガルディー、お出迎えご苦労様です。私たちは、一旦カッシーナの宿屋『ゆりかご』へ向かいます。あなたも贖罪を怠ることがないように」

「もちろんでございます。カッシーナまでは、我々が先導いたしましょう」

リリヤさんは、まだアッシュさんに文句を言っている。『シャーロットと愉快な仲間たち』というパーティー名が気に入らないのだろう。まあ、私だって嫌だけど、もう変更できないのだから諦めたよ。最後に色々と驚かされたけど、気持ちを切り替えて街へ戻り、ゆりかごの面々やアイリーンさんに状況を伝えてから、王都にいるクロイス女王へ報告しに行こう。

転生幼女はお詫びチートで
異世界
ごーいんぐ
まいうぇい
Going My Way
高木コン
Kon Takagi
チートなスキル&
神様の手厚い加護で
我が道まっしぐら!!

祝・定年退職!?

SYUKU・TEINENTAISYOKU!?

10歳からの異世界生活

空の雲

sorano kumo

第12回ファンタジー小説大賞特別賞受賞作!

この度、私、会社を辞めたら

異世界で10歳になっていました――

60歳で無事に定年退職した中田祐一郎(なかたゆういちろう)。彼は職を全うした満足感に浸りながら電車に乗っているうちに……気付けば、10歳の少年となって異世界の森にいた。どうすればいいのか困惑する中、彼は冒険者バルトジャンと出会う。顔はいかついが気のいいバルトジャンは、行き場のない中田祐一郎――ユーチの保護を申し出る。この世界の知識がないユーチは、その言葉に甘えることにした。こうして始まったユーチの新生活は、優しい人々に囲まれて、想像以上に楽しい毎日になりそうで――

祝・定年退職!?
10歳からの異世界生活
空の雲
この度、私、会社を辞めたら
第12回ファンタジー小説大賞特別賞受賞作!
異世界で10歳になっていました
ネットで大人気の異世界リスタートファンタジー待望の書籍化!

チートな腕時計と優しい人たちと一緒に生きていこうと思います。

◉定価:本体1200円+税　◉ISBN 978-4-434-27154-0　◉Illustration:齋藤タヶオ

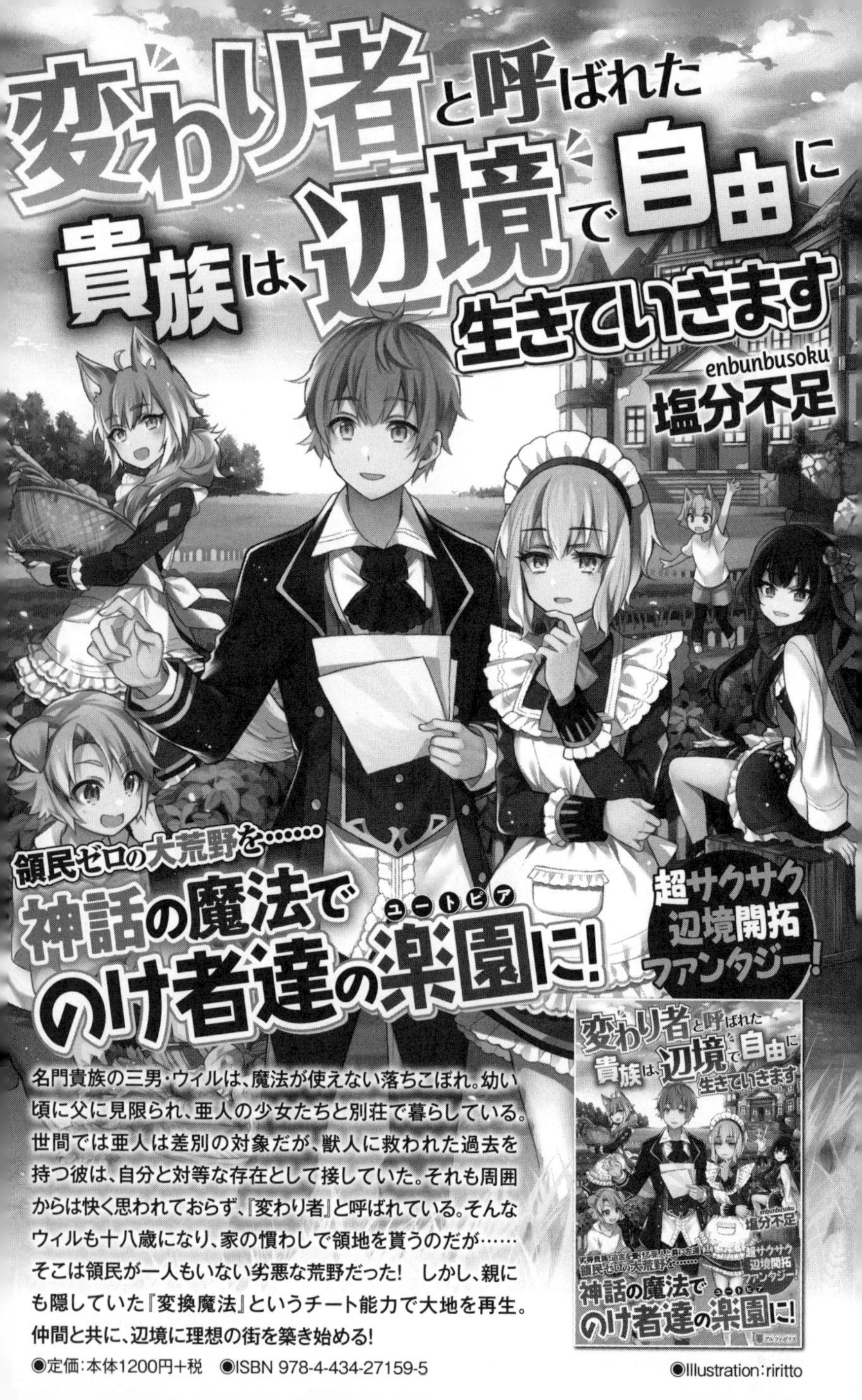

俺を勇者召喚した国は怪しさ満点だし、
『収納』だけの出来損ない勇者になったし……
よし、逃げよう

農民 Noum

ありがちな収納スキルが大活躍!?
異世界逃走ファンタジー!

少年少女四人と共に勇者召喚された青年、安堂彰人。召喚主である王女を警戒して鈴木という偽名を名乗った彼だったが、勇者であれば『収納』以外にもう一つ持っている筈の固有スキルを、何故か持っていないという事実が判明する。このままでは、出来損ない勇者として処分されてしまう――そう考えた彼は、王女と交渉したり、唯一の武器である『収納』の誰も知らない使い方を習得したりと、脱出の準備を進めていくのだった。果たして彰人は、無事に逃げることができるのか!?

◆定価:本体1200円+税　◆ISBN:978-4-434-27151-9　◆Illustration:おっweee

さとう
SATOU

希少種族を集めまくって
まったり村づくり!

万能魔法師の異世界開拓ファンタジー!

大貴族家に生まれたが、魔法適性が「植物」だったせいで落ちこぼれの烙印を押され家を追放された青年、アシュト。彼は父の計らいにより、魔境の森、オーベルシュタインの領主として第二の人生を歩み始めた。しかし、ひょんなことから希少種族のハイエルフ、エルミナと一緒に生活することに。その後も何故か次々とレア種族が集まる上に、アシュトは伝説の竜から絶大な魔力を与えられ——!? 一気に大魔法師へ成長したアシュトは、植物魔法を駆使して最高の村を作ることを決意する!

●各定価：本体1200円+税　　●Illustration：Yoshimo

アルファポリスで作家生活!

新機能「投稿インセンティブ」で報酬をゲット!

「投稿インセンティブ」とは、あなたのオリジナル小説・漫画をアルファポリスに投稿して報酬を得られる制度です。
投稿作品の人気度などに応じて得られる「スコア」が一定以上貯まれば、インセンティブ=報酬(各種商品ギフトコードや現金)がゲットできます!

さらに、人気が出ればアルファポリスで出版デビューも!

あなたがエントリーした投稿作品や登録作品の人気が集まれば、出版デビューのチャンスも! 毎月開催されるWebコンテンツ大賞に応募したり、一定ポイントを集めて出版申請したりなど、さまざまな企画を利用して、是非書籍化にチャレンジしてください!

まずはアクセス! アルファポリス 検索

アルファポリスからデビューした作家たち

ファンタジー

柳内たくみ
『ゲート』シリーズ

如月ゆすら
『リセット』シリーズ

恋愛

井上美珠
『君が好きだから』

ホラー・ミステリー

椙本孝思
『THE CHAT』『THE QUIZ』

一般文芸

秋川滝美
『居酒屋ぼったくり』シリーズ

市川拓司
『Separation』『VOICE』

児童書

川口雅幸
『虹色ほたる』『からくり夢時計』

ビジネス

大來尚順
『端楽(はたらく)』

この作品に対する皆様のご意見・ご感想をお待ちしております。

おハガキ・お手紙は以下の宛先にお送りください。

【宛先】

〒150-6008 東京都渋谷区恵比寿4-20-3 恵比寿ガーデンプレイスタワー8F
（株）アルファポリス　書籍感想係

メールフォームでのご意見・ご感想は右のＱＲコードから、
あるいは以下のワードで検索をかけてください。

ご感想はこちらから

本書はWebサイト「アルファポリス」（https://www.alphapolis.co.jp/）に投稿されたものを、改稿、加筆のうえ、書籍化したものです。

元構造解析研究者の異世界冒険譚6

犬社護（いぬやまもる）

2020年　2月　28日初版発行

編集－加藤純
編集長－太田鉄平
発行者－梶本雄介
発行所－株式会社アルファポリス
〒150-6008 東京都渋谷区恵比寿4-20-3 恵比寿ガーデンプレイスタワー8F
TEL 03-6277-1601（営業） 03-6277-1602（編集）
URL https://www.alphapolis.co.jp/
発売元－株式会社星雲社（共同出版社・流通責任出版社）
〒112-0005 東京都文京区水道1-3-30
TEL 03-3868-3275
装丁・本文イラスト－ヨシモト
装丁デザイン－AFTERGLOW
印刷－中央精版印刷株式会社

価格はカバーに表示されてあります。

落丁乱丁の場合はアルファポリスまでご連絡ください。

送料は小社負担でお取り替えします。


ISBN978-4-434-27153-3 C0093